梦想再微小，
也会有力量

好读 主编

作家出版社

人还是要有梦想的，
万一实现了呢？

梦想就像是土壤里的一颗种子，

经过埋藏，才有生机。

我们因梦想而伟大，
所有的成功者都是大梦想家。

雨浸风蚀的落寞与苍楚一定是水，静静地流过青春奋斗的日子和触摸理想的岁月。

若心怀希望，
这世界，就不会彻底绝望。

光明和希望，总是降临在，
那些真心相信梦想一定会成真的人身上。

Open Daily
09.00 am. - 08.00 pm.

要坚信，每天叫醒自己的不是闹钟，
而是心中的梦想。

一个人至少拥有一个梦想，
有一个理由去坚强。
心若没有栖息的地方，到哪里都是在流浪。

我就会与众不同。

我坚信，只要心中有梦想，

只有自己变优秀了，
其他的事情自然才会跟着好起来。

迷茫时，坚定地对自己说，
当时的梦想，我还记得。

人生最遗憾的，
莫过于轻易地放弃了不该放弃的，
固执地坚持了不该坚持的。

再遥远的目标，
也经不起执着的坚持。

我们要有最朴素的生活与最遥远的梦想。

即使明日天寒地冻，路远马亡。

目 录
CONTENTS

序

ONE
当你的才华还撑不起你的野心时　　001

当你的才华还撑不起你的野心时，与其抱怨，不如成为那个你心中想看见的改变。一个人要实现自己的梦想，只需要具备两个条件：勇气和行动。

TWO

重要的不是努力，而是如何努力　　045

每天都给自己一句鼓励，每天都制定一个必须达到的目标，每天
减少一些无谓的抱怨，生活就会充实一些，与梦想的距离也就更
近一些。

THREE

每一次死磕，都会让你瞬间长大　　　087

没有惨烈，就成不了传奇。每一次较量，都是一次成长的机会，每一次死磕，都会让你在无能为力中，鼓足勇气再努力一把。

FOUR

世界对你不温柔，但你可以选择成长与自由   129

适当倔强一些，骄傲一些，肆意地笑，坚强地活。世界本来就既不温柔也不正确，在被虐中选择成长与自由，才是正确的打开方式。

FIVE

拼搏到无能为力，尽力到感动自己　　173

没有拼搏到无能为力，不要说自己已经尽力。没有努力到感动自己，只能说明努力得还不够。有时候你以为的努力并不是真的尽力，只是在感伤自己。

SIX

梦想再微小，也会有力量　　209

如果你有想要做的事或想走的路，不要总是等待和观望，你需要的不是一个目标，而是一种和世界较量的勇气，还有一个秣马厉兵、整装出发的早晨。

序
每一个坚持梦想的人，都可以成为人生的赢家

~~~~~~~~~~~~~~~~~~~~~~~~~~~~~~~~~~~~~~

　　没有谁规定，人活着就一定要有梦想。过平淡无奇的日子，安于众生，或许就是一种不错的生活状态。然而，世上不存在感同身受这回事，"彼之蜜糖，我之砒霜"，一个人感觉很幸福的生活状态，放在另一个人身上，可能就是无法忍受的平庸无奇。

　　每个人基于自己的感受，因而有不同的目标，而不需要梦想本身，也可以说是一种梦想——世间因为梦想纷呈而绚丽多彩。

　　一生很长，或许你会产生很多梦想，有的大，有的小，有些能实现，有些会放弃。这都不重要，重要的是有了梦想，有了目标，就可以有所期待；可以在平凡的日子中，让自己渐渐变得不平凡。任何一个微小的梦想，或许就是伟大的开始，而一次小小的坚持，或许就能改变历史的进程。

当年，美国黑人地位卑下，乘坐公交车时，必须无条件地给白人让座。有一天，一位黑人女性因为坚持不让座，被逮捕入狱，引发了全美黑人的游行示威，政府最终被迫废除了这个不平等规定。几年后，领导这次运动的人权领袖马丁·路德·金站在林肯纪念堂台阶上，发表"我有一个梦想"的著名演讲时，他感慨道："人因梦想而伟大，因筑梦而踏实！"

我们不妨给自己一个最美的，哪怕是最虚妄的梦想，只要这会让你欢喜，并且愿意为之付出努力。而一个人如果拥有梦想，并且能实施主宰自己人生的全部坚持，这将是一件多么骄傲的事！只要对自己、对人生还有期待，那么，你就会拥有一份精彩和美好。

罗布和史蒂夫这两个住在加拿大多伦多的哥们儿，在十几岁的时候就相约在一起做音乐。他们组建了自己的乐队"Anvil"——铁砧乐队，并且很快成名，Anvil 乐队奠定的重金属的基调，极大地影响了当时和后来很多著名的乐队。在 1984 年日本 Super Rock（超级伯克）音乐节上，他们和德国的蝎子乐队、美国的邦乔维乐队、英国的白蛇乐团一起，在台下歌迷山呼海啸般的呼喊中，成为当时世界最著名的重金属乐队之一。

但是谁都搞不懂，为什么本应该在音乐世界中掀起风暴海啸的他们，会突然进入半衰期，虽然发行了两张大神级别的经典唱片，但接下来的命运却是默默无闻。作为重金属音乐的先驱者，他们还没来得及获得，就迅速被世界抛弃，在各种原因的汇集中，Anvil 乐队渐渐淡出人们的视线。在生存的压力下，一度以皮带龟甲缚和破丝袜手套的颠覆造型而闻名天下的主唱史蒂夫，成为一名平凡的送货大哥，而曾经是世界顶级重金属鼓手的罗布，放下鼓槌拿起电钻，成了一名在砖瓦世界中战天斗地的装修工……

残酷的现实和繁重的劳动，没有让他们放下音乐，被世界拒绝的时候，他们并没有拒绝自己的信仰。二十年来，他们一直坚持排练和演出。经历过数万人热烈欢呼场面的他们，现在面对的通常是不过一二百人的场子，最尴尬的时候，台下惨兮兮地只杵着 5 个听众；他们所谓的世界巡演，只不过是请假自费到欧洲各个酒吧去助唱；他们行程匆匆，有时候还要睡在机场的长椅上；乐队一场拼尽全力的演出，得到的是区区 1500 块钱，就这样，还时不时要赤膊上阵，和那些爱赖账的老板进行一次动口又动手的战争。最困难的时候，为了出新专辑，他们抵押自己的房子，去粉丝的公司做电话营销员……

但即便这样，他们也从来没服过输，即便就快要成为秃顶大叔，也没放弃自己的音乐梦想。

他们说：

"无论什么事情发生，梦想都不会衰败。

"反正人生不会更差了，Anvil 乐队虽然没能带来财富，却带来了喜悦，让我得以熬过这漫漫人生。

"一个人还能走多远？还能为某件事倾注多少爱和奉献？至少，为了获取成功，我做了我所能做的每一件事，然后从内心来感受这个过程。"

从世俗意义上来看，他们的境遇可谓失败透顶，但他们的坚持赢得了尊重，他们的亲人说：

"他为成为一个伟大音乐家所付出的努力，是值得的。"

他们的事情被拍成纪录片——《金属精神》，成千上万的人流泪了，被这种把梦想坚持到极致的精神所感动。这让他们重新出现在世人的视线中，并且重新被邀请去日本演出。虽然他们只是被当成垫场乐队，但在几万人的呐喊中，唱起自己的经典歌曲的那一瞬，他们重新点燃了世界的热情。

每一个坚持梦想的人，都可以成为人生的赢家，因为梦想从来就不关乎结果，只关乎坚持。是的，如果说成功有什么秘诀的话，那就是：

坚持。

季节交替的时候，满大街都飘着随风消逝的梦想，很多人的悔不当初，都在流年一秒一秒切割青春的时候才体会得到。这个世界从来不缺梦想，也从不缺少有梦想的人，只是缺少实现梦想的矢志不渝，缺少一点点执着、一点点坚持，还有一点点勇气。

坚持梦想的本身，就是和平凡世界的较量，实现梦想，就是用你自己的理由拒绝乏味生活的过程；

梦想是一个人的灵魂之树，会不断生长，但需要用行动不断浇灌；

梦想是死心塌地的心甘情愿，在你走进黑暗中的时候，不至于心慌气短；

梦想可能是你不会和任何人说，但是却在心底最深处蠢蠢欲动，午夜梦回时会默默想起，并用全部心力为之付出的东西；

梦想是你迫不及待想和所有人分享，即使被别人批评不切实际，或是被嗤笑不配拥有，却仍不死心，依旧满怀憧憬的那份期待；

梦想是自己肯定能实现某个目标的一种错觉，但这个错觉会让你拥有自信，可以心不慌气不短地走下去，并且将遭遇挫折的苦，变成乐在其中的甜。

梦想是对未来最一厢情愿的爱，你若不弃，它便不离。

如果你有梦想，就请用当下每一天的努力去喂养它，使其变得强壮甚至伟大，就像从草根逆袭到金融巨子的孙正义所说的那样："最初所拥有的只是梦想，以及毫无根据的自信而已。但是，所有的一切就从这里出发。"

本书荟萃读者心目中经历二十年沉淀的关于梦想的文章精华，

在梦想的实现、努力的方法、坚持与拼搏、梦想和爱、梦想和成长几个方面，让人引发深思：在实现梦想的过程中，哪些方向可以奋斗？哪些手段不能使用？哪些细节需要考量？哪些可以为，可以不为？用拼搏、目标、见识、思维和持之以恒这类无形的精神武装你的头脑，让每个脆弱的年轻人拥有踏上征途的坚韧力量。

梦想再微小，也会有力量

DREAM IS POWERFUL, NO MATTER WHAT IT IS.

chapter1

ONE
当你的才华还撑不起
你的野心时

~~~~~~~~~~~~~~~~~~~~~~~~~~~~~~~~~~~~~~~

当你的才华还撑不起你的野心时，与其抱怨，不如
成为那个你心中想看见的改变。一个人要实现自己
的梦想，只需要具备两个条件：勇气和行动。

理想不能天天想

不说的理想，才像理想。

——白岩松

"理想不能天天想，天天想，就没办法过眼前平常的日子了。如果你拥有一个清晰的理想，并把它藏在心里头，去努力做好眼前的每一件事情，也许，一段时间过后，你一抬头会发现，哟，这不是那个叫作'理想'的东西嘛。"

这是央视"名嘴"白岩松为郑州大学 3000 名学生演讲时说的一段话。听到这里，大学生们眼光里露出兴奋的光芒——"那个叫'理想'的东西"，一下子触动了人们内心的柔软。

每个人心中都有一个理想，因为有了理想，才使得人生变得丰满起来，它就像有一种无形的动力，给人以信心和力量。

日本历史上销量最大的图书《窗边的小豆豆》，被译成 33 种文字，在全球引起巨大反响。这本书的作者黑柳彻子，当年进电视台工作时，立志要当"能读画本的妈妈"，可这个理想并没能实现，她没有自己的"小豆豆"。后来，她辞掉了电视台记者的工作，专门从事儿童研究。如今，这本书在中国已发行超过300万册，并被节选入小学六年级教材。

有评论指出，黑柳彻子对童年的发现与证明，不亚于爱因斯坦发现相对论。

曾有记者访问黑柳彻子："请问你是怎样实现了自己的理想？"

黑柳彻子回答："我曾经把'理想'天天挂在嘴边，心里天天想着那个理想，以为这样，就会实现。可是，我错了。这种挂在嘴边的理想，离我渐行渐远，最终成为缥缈的海市蜃楼。当我静下心来，做着自己该做的事，有一天，我忽然发现，那个叫'理想'的东西，已不知不觉地实现了。"

林清玄可以说是台湾当今最高产的作家之一，30岁之前，他得遍了台湾所有的文学大奖，被誉为"得奖专业户"，直到他不再参赛为止。他的散文文笔流畅清新，表现了醇美浪漫的情感，在平易中有着感人的力量。

小时候，他的理想是要当个旅行家，走遍世界的许多地方。可是，天天想当个旅行家的他，到15岁时，还只到过家乡的那个小县城——这个理想太难实现了。

于是，他不再想那个旅行家的梦想，而是静下心来写作。后来，凭借写作，他终于实现了童年的理想。只是这种理想的实现，没有刻意地追求，而是在日积月累中，通过自己不断的努力，才实现了理想，并超越了理想。

林清玄在大学演讲时，深情地说道："每一个人都怀揣着一个美丽的理想，有了理想，再苦再难的日子，也会使生活变得妖娆旖旎起来。但是，理想的实现，必须要把握在今天，日久天长，你才会到达理想的彼岸。"

理想，是人生中不可或缺的目标和力量，没了理想，人们就会失去信心和力量。理想的实现，靠的是踏踏实实的勤奋和努力。它就像是埋藏于心底的花朵，默默地努力，才会等到那个最美的绽放时刻。

文/旭旭

你若不屈服，这世界又能把你怎样

你若光明，这世界就不会黑暗。

你若心怀希望，这世界就不会彻底绝望。

你若不屈服，这世界又能把你怎样？

——曼德拉

一个阳光融融的上午，塞尔玛·拉格洛芙的祖母推着她，来到莫尔巴卡庄园外。塞尔玛出生于瑞典一个贵族家庭，3 岁时，患了小儿麻痹症，她的童年在轮椅上度过。对于幼小的塞尔玛来说，祖母是她生命的支柱，祖母天天陪伴着她，教她阅读，给她讲故事。

远处，碧绿的田野上空，有只鸟儿一边飞，一边欢快地鸣叫。塞尔玛看得痴了，双手伸张，仿佛自己也拥有了一对翅膀。很快，祖母发现，塞尔玛的神色忧郁了起来。

塞尔玛轻轻地问祖母："我还能站起来吗？"

祖母说："会的，只要你拥有了翅膀，就会像鸟儿一样飞翔。"

塞尔玛转头看着祖母，问："可是，我的翅膀在哪儿？"

祖母说："梦想。梦想就是一对翅膀。"

从此，塞尔玛开始阅读大量的经典名著。她试着拿起笔，在轮椅上写作。但是，她写的东西充满了幻想，与现实太遥远。

一次，在庄园外的小路上，塞尔玛听到有人讽刺她的小说后，将笔远远地扔了出去，痛苦地说："作家都是有生活体验的，可我一点儿生活阅历也没有。"祖母赶紧劝慰她："你虽然很少出去，但我就是你的双腿，我的生活阅历不都说给你听了吗？"

祖母的话燃起了塞尔玛创作的欲望，她又开始了创作的梦想之旅，用了半年时间，写了一部冒险作品，等祖母全部看完，她问："有没有希望呢？"祖母笑着说："我看希望很大。"塞尔玛非常高兴，她委托父亲将书稿送到一家出版社去。那家出版社的社长是塞尔玛父亲的战友。父亲微笑着说："我的战友已经看了部分书稿。""他怎么说？"塞尔玛赶紧问。父亲说："希望很大。"

但是，等了几个月，塞尔玛的书稿一点儿消息也没有。一天，塞尔玛让祖母推着她，去了那家出版社。有一个和父亲差不多年岁的中年人，正坐在靠窗的位置，翻看着一部新出的书。塞尔玛走进去，问："我叫塞尔玛·拉格洛芙，几个月前，我委托我的父亲，也就是您的战友带了一部书稿来，不知它现在的命运如何？"

社长说："是有这么一部书稿，但是，在你父亲递给我的那天，我就退还给了他，因为它完全达不到我们的要求，我建议你看看这本美国印第安人的冒险传说吧！"说着，社长把手中的新书送给她。

回来的路上，祖母担心塞尔玛的心情受到影响，不住地劝着她。但是，很快，祖母发现塞尔玛的注意力被那本探索书吸引了。整整用了三个月的时间，塞尔玛将那本书读了一遍又一遍。

为了给塞尔玛看病，家里耗费了大量的资金，经济状况一年不如一年，终于，在塞尔玛23岁这年，不得不变卖了庄园。就在庄园卖出的那天，塞尔玛离开了家乡出外求学。这时候，她的双脚经过不断地医疗，已经可以像常人一样行走了。走出庄园，塞尔玛回头深望一眼，默默地说：我会戴着光环回来的。

24岁时，塞尔玛考入了罗威尔女子师范学院，毕业后，她一边教书，一边写作，33岁时，她的第一部小说《贝林的故事》问世后，就受到了文学评论家勃兰兑斯的肯定。之后，塞尔玛一发而不可收，先后创作了《假基督的奇迹》《一座贵族庄园的传说》《孔阿海拉皇后》《耶路撒冷》《尼尔斯骑鹅旅行记》等作品。

1907年，塞尔玛被瑞典乌普萨拉大学授予荣誉博士，1909年荣获诺贝尔文学奖。1914年，塞尔玛被瑞典学院选为院士后，她拿出一笔巨款，将幼时曾经带给她梦想的庄园买了回来，并亲自在庄园前面的石头上题了两行字：

"不在梦想中跌落，就在梦想中起飞。"

文/龙侠

成功需要多长时间

自信是对事情的控制能力，

如果你连最基本的时间都控制不了，还谈什么自信？

——乔布斯

两个年轻人酷爱画画，一个很有绘画的天赋，一个资质则明显差一些。二十岁的时候，那个很有天赋的年轻人开始沉醉于灯红酒绿之中，整天美酒笙歌醉眼迷离，丢掉了自己的画笔。

而那个资质较差的年轻人则没有。他生活虽然极为贫困，每天需要打柴、下田劳作，但他始终没有丢掉自己钟爱的画笔。每天回来得再晚、再累，他都要点亮油灯，伏案在破桌上全神贯注地画上一个钟头。即使在他做木匠走村串户为别人打制桌椅床柜的时候，他的工具箱里也时刻装着笔墨纸砚，休歇的短暂间隙，行路时的路边稍坐，他都会铺上白纸，甚至以草棍代笔，在泥地上画上一通。

四十年后，他成功了，从湖南湘潭一个普通小镇上的一介平凡木匠，成了蜚声世界的画坛大师，这个人就是齐白石。

齐白石成功后，曾和他一起酷爱过绘画的那个年轻人到北京来拜访过齐白石，不过，他同齐白石一样，已经是个年过六旬的老头了，俩人促膝交谈，齐白石听他慨叹美术创作的艰辛和不易，听他述说对自己半途而废的深深惋惜，听完淡淡一笑说："其实成功远不如你想的那么艰辛和遥远，从木匠到绘画大师，仅仅只需要四年多的时间。"

"只需要四年多一点儿？"那个人一听就愣了。

齐白石拿来一支笔一张纸伏在桌上给他计算：

我从 20 岁开始真正练习绘画，35 岁前一天只能有一个小时绘画的时间，一天一小时，一年 365 天，只有 365 小时，365 小时除以 24，每年绘画的时间是 15 天。

20 岁到 35 岁是 15 年，15 年乘以每年的 15 天，这 15 年间绘画的全部时间是 225 天。

35 岁到 55 岁的时候，我每天练习绘画的时间是 2 小时，一年共用 730 小时。除以每天 24 小时，总折合是 31 天，每年 31 天乘以 20 年，合计是 620 天。

从 55 岁至 60 岁，我每天用于绘画的时间是 10 小时，每天 10

小时，一年是 3650 小时，折合 152 天，5 年共用 760 天。

20 岁到 35 岁之间的 225 天，加上 35 岁到 55 岁之间的 620 天，再加上 55 岁到 60 岁时的 760 天，我绘画共用 1605 天，总折合 4 年零 4 个月。

4 年零 4 个月，这是齐白石从一个乡村的懵懂青年成为一代画坛巨匠的成功时间，很多人对齐白石仅用了 4 年零 4 个月的成功时间很惊愕，但何须惊愕呢？其实成功离我们每个人都不远，只要你坚持，只要你勤奋，成功的阳光便很快会照射到你忙碌的身上。

不要畏惧成功的遥遥无期，成功其实不需要太长的时间，用上你发呆或喝咖啡的时间已经足够了。

文/赵凯旋

梦想再微小，也会有力量

Dream is powerful, no matter what it is.

年轻是我们唯一拥有的权利，

去编织梦想的时光。

只要多想一点点

面对问题时，要从正反两方面去思考；

不要像大众一样，只从一方面去思考。

——弗莱·B·尼尔

魏格纳是 20 世纪世界上最伟大的科学家之一，他创造和发现的大陆板块漂移学说，是世界地理史上最伟大的学说之一。这样伟大的学说，是不是魏格纳皓首穷经、付出了巨大的努力才取得的来之不易的成果呢？

许多人都是这样认为的。

但事实却恰恰相反，大陆板块漂移学说对魏格纳来说不过是一件十分偶然的发现，在发现过程中，并没有什么惊天动地的事情发生。

1910 年，魏格纳生病了，他不得不被迫躺在医院的病床上接受百无聊赖的治疗。他病房的墙壁上挂着一幅世界地图，醒着的时候，魏格纳就盯着那幅地图来消遣时光，依靠观察那幅地图来打发医疗期那些枯燥而宁静的日子。

经过天长日久的观察，魏格纳发现了一件十分有趣的事情：通过地图来看，大西洋两岸好像是互补的，南美大陆巴西东部凸出的部分，和大西洋彼岸的非洲大陆西海岸的赤道几内亚、加蓬、安哥拉等地方的凹缺部分十分对应，一方是凹缺的，另一方必定是凸出的。

魏格纳进一步细细观察，他发现如果不是大西洋，那么南美大陆和非洲大陆完全可以吻合成一个天衣无缝的完整大陆。是不是这两块大陆过去就是一个整体，而由于地壳运动被意外地分开了呢？魏格纳陷入了深思。

不久，魏格纳就开始着手对南美大陆和非洲大陆上的地质学、古生物进行研究，终于提出了一个令世界地理学界耳目一新的理论：大陆板块漂移学说。原本寂寂无名的魏格纳也因此一跃成为世界上大名鼎鼎的地理学家。

同样的幸运之光也照射在斐塞司博士身上。斐塞司博士喜爱宠物，他家里经常养着狗和猫。一天，和往常一样，吃过午饭后斐塞司博士坐在门前晒着太阳打盹儿，这是他的老习惯了。

在他晒太阳打盹儿时，他的猫和狗就卧在他的脚边，和他一起晒太阳打盹儿。晒了一会儿，太阳一点儿一点儿西移了，房子和树荫遮挡住了照在猫狗身上的阳光。猫和狗及时醒了，它们马上爬起来，伸一个长长的懒腰，又挪到阳光能晒到的地方，躺在阳光下又惬意地睡着了。

　　猫狗追着阳光睡觉打盹，这对于任何人来说都不过是司空见惯的事情，但却引起了斐塞司博士的强烈好奇。它们为什么喜欢待在阳光下呢？是因为喜欢光和热，还是阳光能给予它们什么？如果光和热能给予它们什么有益的东西，那么对于人体是不是同样有益呢？

　　不久，日光疗法就在斐塞司博士的研究下诞生了，斐塞司博士因此荣获了诺贝尔医学奖。在授奖致辞中，斐塞司博士说："这个奖项对于我来说是个意外，我并没有做下多少的工作，如果说我比别人多做了一点儿什么的话，我只承认，自己只不过是比别人多想了那么一点点。"

　　正如斐塞司博士所说的那样，成功和伟大并非如我们所想的那样高不可攀，有许多时候，它并不需要我们付出太多的东西，只需要我们对平常的事物有一颗不平常的心，只需要我们去多想那么一点点。

　　如果一个苹果落在你的头上，你也能像牛顿那样多想一点点；如果对着一幅世界地图和躺在你脚前晒太阳的猫狗，你也能像魏格纳和斐塞司一样多想一点点……其实，伟大离我们每个人都并不十分遥远，它只需要当你面对大家司空见惯的事物时，能比别人多想一点点。

文/欧阳墨君

即使上帝只给一支画笔

> 梦想，可以天花乱坠，
>
> 理想，是我们一步一个脚印踩出来的坎坷道路。
>
> ——三毛

从小，他就没有给亲戚朋友们留下好印象：顽皮，好动，不讨人喜欢。而且，不管是在自己家里，还是亲戚家里，墙壁和家具上，总是被他用铅笔或者水彩笔涂抹乱画，搞得一团糟。上学后他更是备受老师和同学们的冷落。他沉默寡言，成绩也总是在全校排名倒数第几。

课本上，画满了各种表情的人物，为此，他没少受老师的责骂。一个简单的生字，他默写得总是倒笔画，而且张冠李戴、缺胳膊少腿；一篇短短的课文，同学们朗读几遍就可以轻松背诵，而他，却总是丢三落四、溃不成军。

每周一次的班会，他的父母总是要被例行请到老师的办公室，面对老师的指责，垂首弓腰。即使是假期的补习班，他也不断地被辅导老师劝退。但是，他对漫画却有着强烈的爱好，4岁时就喜欢在稿纸上涂涂画画。

念中学的时候，他像一个皮球一样被所有的学校踢来踢去，连最差的学校也不愿意要他。为了儿子的学业，父母不得不求爷爷拜奶奶，人前人后，说尽了好话。在这期间，他陆续在装订的草稿纸上画了好几本自我独创的漫画。尽管不被任何人看好。

由于升学无望，再加上为了谋求生计，他不断地变换工作。最初，他在玻璃厂做过拌料工，先后在澡堂传过毛巾，在电影院卖过票，在冷饮厂包过冰棒，甚至在百货站跟车装卸货物。但即使在这一段人生最为艰苦的时光，他依旧没有停下过手中的画笔。

1985年他入伍服役。在军中的每个晚上，熄灯后，他一头钻进被窝，用手电筒照明，偷偷创作了《双响炮》，同年连载于台湾《中国时报》，由此引爆了台湾乃至世界上第一波四格漫画热潮，并且逐渐成为当今漫画界最受注目的新人。

他的漫画《醋溜族》专栏连载十年，创下了台湾漫画连载时间最长的纪录。其漫画作品《双响炮》《涩女郎》《醋溜族》等在青年男女中影响极大。并且其多篇作品被制成同名电视剧，受到很多人的喜欢。

他就是朱德庸，台湾著名的漫画家。面对记者的镜头，他曾经坦言，在长达十几年的学生时代，他自己也认为自己很笨。直到长大了，他才知道，那是因为自己对文字类的东西接受能力很差，只有对图形才特别敏感。

　　每个人的心目中都有一个上帝，这个上帝就是你的理想与抱负。很多时候，上帝所给予我们的东西也许并不多。但是，只要我们不把自己看得一无是处，发挥自己的强项，充分挖掘出自己的潜能，那么，即使上帝只给我们一支画笔，也同样可以描画出五彩斑斓的生命。

文/方媛

梦想再微小，也会有力量

Dream is powerful, no matter what it is.

只要厄运打不垮信念，希望之光就会驱散绝望之云。

优秀是成功最主要的习惯

如果问在人生中最重要的才能是什么？

那么回答则是：

第一，无所畏惧；第二，无所畏惧；第三，还是无所畏惧。

——弗兰西斯·培根

1931 年，那时她刚刚六岁，在英国一个无名的小镇上，刚刚读一年级。她个子不很高，也很瘦弱，第一次在学校列队的时候，她站到了队伍的第一位，但眨眼的工夫，几个个头儿很高又很强壮的男同学就抢站到了她的前边。

她不甘心，从后面的队列里一次次走出来，再一次次站到队列的第一位，但很快又被几个男同学挤到了后面去。后来，老师来了，队列安静下来了，就在老师要开口讲话的前一分钟里，她又从后面的队列中走了出来，勇敢地站到了队伍的第一位。

开始学习后，她很勤奋，也很努力，成绩总是排在全班的第一位。班上选举班长，当众多的同学都不知道应该选谁的时候，她勇敢地站了起来说："选我吧，相信我是班长最合适的唯一人选！"于是她当选了班长，而且是年年连任，从一年级到二年级，从小学、中学直到大学。

就是坐公共汽车，她也要坐第一排，别看她瘦弱，但在挤车时是拼命的，不坐在第一排就绝不善罢甘休。在老家的那个小镇上，人们早熟悉了她的性格，在公共汽车第一排，即使人再多，也总要留下她的位置。

读大学后，她还是一如既往地时时处处抢在第一排，学习成绩次次第一，唱歌第一，跳舞第一，演讲第一，就是演戏剧，她也要争演第一主角。有时，为了争上演男主角，她甚至不惜女扮男装。

四十多年后，她终于抢来了英国、欧洲乃至世界瞩目的第一，她通过激烈的竞选，成了英国开天辟地以来的第一位女首相。任首相后，她处理政务周密、果断、雷厉风行，雄踞首相职位11年，被世人惊称为"铁娘子"。

她就是扬名世界的著名政治家、英国前首相玛格丽特·撒切尔夫人。

　　回顾自己的一生时，她说："我的人生之所以能如此成功，源自我自己的人生信条，那就是：永远争坐第一排，永远争坐第一位！"

　　争第一排，坐第一位，激励自己出色，让自己远离平庸的旋涡，这是一个人从小成功走向大成功的唯一之路。

　　想要成功，你必须有时时争人生第一排，坐人生第一位的意识，因为，优秀是成功最主要的一个习惯。

文/理言

卸载写在纸条上的命运

谁若游戏人生，他就一事无成；

谁不能主宰自己，便永远是一个奴隶。

——歌德

　　从学校出来时，文斯·帕培尔垂头丧气，步履沉重——他又被解雇了。

　　文斯已到而立之年，却连份像样的工作都没有，依然穷困潦倒，一事无成。他本来是个代课老师，收入微薄，迫于生计，还在一家酒吧做兼职吧员。即便如此，妻子总是嫌他无能，从骨子里瞧不起他，争吵时有发生。

　　文斯落魄而归，推开家门，没看到妻子，地板上却多了一张纸条。捡起来一看，他把纸条揉成一团，狠狠地扔进了垃圾桶，随即瘫在地上，像一块拧干的抹布。妻子已对他彻底绝望，竟然不告而别！雪上加霜，事业家庭的双重打击，让他几近崩溃。

　　每天晚上，文斯依然要去酒吧上班，这是他唯一的收入来源，否则连房租都付不起。那天，文斯正在酒吧上班，一则电视新闻突然吸引了他的目光，与橄榄球有关：费城老鹰队的新教练沃梅尔走马上任，宣布面向社会招募新球员，鼓励费城的球迷积极参加选拔。

　　文斯从小酷爱橄榄球运动，也是费城老鹰队的铁杆球迷。然而那时的老鹰队，却和文斯的命运一样，霉运不断，接连11个赛季不胜，一败涂地。沃梅尔教练为了鼓舞士气，给球队带来一点儿新鲜的刺激，于是破天荒想出了这个主意。

　　酒吧里，从老板到所有职员，都是狂热的橄榄球迷。业余时间，他们经常在停车场组织比赛，文斯是酒吧的头号"球星"，大家都鼓动文斯去参加选拔。可他想也没多想，就连连摇头，经历了一连串的打击后，他对自己已彻底失去了信心。

　　下班回家，文斯打开电视，那则新闻正在重播，仿佛又在嘲笑他的懦弱无能。他忽然想起了什么，赶紧在垃圾桶里一阵狂翻，终于找到了妻子留下的那张纸条。他如获至宝，顿时勇气倍增。

　　七天后，文斯参加了选拔赛。他在高中时曾参加过一年训练，爆发速度惊人，尤其是他骨子里透出的永不服输的韧劲儿，征服了教练沃梅尔。在上千名参赛者中，文斯成了唯一的幸运儿，被留在老鹰队试训。

其实谁都明白，这次选拔赛与其说是选球员，不如说是集体娱乐，这种方式怎么可能选出真正的职业球员？美式橄榄球，被称为世界上最男人的运动，球员从头到脚都要用护具层层包裹，其对抗激烈程度可想而知。而文斯30岁的年龄，显然成了致命弱点，几乎没有人看好这个兼职吧员，有的媒体甚至把他称作"费城南部的傻帽儿"。

文斯从未有过职业比赛经验，刚开始参加训练时，洋相百出。队友们也瞧不起他，时常挖苦讽刺，"老家伙，早点儿回家吧，别做美梦了，这不是你该来的地方。"文斯受尽了白眼儿和捉弄，独自顶着巨大压力，但他从未放弃，依然拼命训练。

妻子留下的那张纸条，就是他全部的支撑力量。他把纸条带进了更衣室，压在自己的球衣底下。每天训练之前，他总是先把纸条拿出来，认真看一遍，然后换上球衣，飞奔上场。集训结束后，文斯以优异的表现再次征服了沃梅尔教练，出人意料地进入了参赛名单。

1976年9月19日，老鹰队首次主场作战，对阵纽约巨人队。看台上人山人海，战斗即将打响，文斯平静地走进更衣室，又从球衣底下拿出那张纸条，凝视片刻，忽然把它撕得粉碎，然后飞奔上场。文斯爆发了，在最后一分钟力挽狂澜，帮助老鹰队夺取了一场久违的胜利。赛场沸腾了，从那一刻起，那个"傻帽儿"

成了费城的英雄。

文斯在老鹰队共效力三个赛季，并成为球队的灵魂人物，在他的精神感召下，老鹰队上下团结一心，士气空前高涨，最终杀入了"超级碗"决赛。文斯以30岁"高龄"，书写了橄榄球史上的一个传奇，同时也为全美国树立了一面旗帜。当时，美国社会正处在"水门"丑闻余波之中，加上越战伤痛和能源危机，一度使人们感到消沉迷茫。而文斯以自身经历告诉人们：相信自己，一切都不算晚！

多年以后，当人们旧事重提时，文斯说，"我应该感谢那张纸条。"

纸条上写着："你是个窝囊废，永远一事无成！"

文/刘明

你没那么重要

> 在等待的日子里，刻苦读书，谦卑做人，
> 养得深根，日后才能枝叶茂盛。
>
> ——星云大师

作家林清玄去成都演讲，一个漂亮的女生拦住他，塞给他一封粉红色的信。他若无其事地把信揣进兜里，心里却怦怦直跳，暗想，这应该是一封情书吧？演讲结束，回到酒店，他迫不及待地打开信。

信中写道："林老师，我从小就拜读您的文章，非常崇拜您。没想到今天见到您，发现您很像周星驰电影里的火云邪神，真是'相见不如怀念'啊！"小女生的失望完全可以理解，林清玄文章写得很美，跟他本人的长相的确形成了巨大反差。

日本推理小说作家东野圭吾，年轻时在一家汽车零件供应公

司上班，边工作边写小说。偷偷摸摸写了几年，总算出人头地，他凭借校园推理小说《放学后》获得江户川乱步奖，这是日本推理小说的最高荣誉奖。获奖后，他举办了有生以来的首次签售会。

会场设在一家有名的大书店。到了会场一看，发现等待签名的读者已经排成了长龙，他又惊又喜："太壮观了，原来我这么有名！"然后他发现队伍里全是熟人：公司的同事几乎全体出动，亲朋好友都来了，连妻子也在排队。

签售会取得圆满成功，有的人还"排"了两次队，盛况空前。他第一次给这么多人签名，明知是熟人捧场，依然心花怒放。

书卖出去不少，店老板乐不可支，趁热打铁提议道："东野先生，明天去另一家分店再办一场签售会如何？"他想也没想，答了三个字："没问题。"

第二天是星期日，天公作美，风和日丽。分店门口早早摆好了桌子，旁边挂起了醒目的海报："东野圭吾签售会"。他和书店老板都铆足了劲儿，摩拳擦掌，一个等着签名，一个等着卖书。进进出出的读者不少，可是等了一上午，一个找他签名的都没有。

清理会场时，终于有一个小学生走过来，好奇地问道："你是在签名吗？"东野圭吾仿佛遇到贵人，满含感激说道："是啊。"然后，小学生摸出一张夹在报纸里的小广告，"那你就签在这里吧。"他在小广告上签了名，还和小学生握了手。第二场签售会就这么结束了。

这是东野圭吾写作生涯中仅有的两次签售会，即便他日后成为公认的畅销小说之王。他在小广告上签下名字的那一刻起，就下定决心，今后无论书有多么畅销，再也不办签售会了——太伤人了！

第一个笑话，是林清玄自己说出来的。第二个笑话，被东野圭吾写进了自传里。这两个都是非常成功的作家，为何都喜欢自曝糗事？恐怕不只是自嘲那么简单，我想，更深层的动机，是发自内心的谦卑。他们用这种方式时刻警醒自己：你没那么重要，老老实实把自己的活儿干好，不然笑话就等着你。

文/姜钦峰

人生不止一步

既然发现自己之前的活法儿错了，
那就改正好了。

——艾尔撒

　　年轻的时候，他沉迷于声色犬马，常常在酒吧里喝得酩酊大醉，然后深一脚浅一脚地摇摇晃晃回家。亲朋好友和那条街上的邻居都知道，他是一个醉鬼，一个年轻的老醉鬼。他没有什么都可以，但没有酒绝对不行，如果有朋友相邀，他求之不得地兴冲冲赶去，然后醉得不知东西南北地被人扶回来。

　　也有时候，没有人相邀，傍晚时他就一个人坐在家里自斟自饮，每次最少一夸脱的威士忌，不把自己喝得烂醉如泥绝不罢休。邻居们没有哪一个人没见过他的醉态的。有时在暗夜里的大街上，他醉倒在大街上找不到家了；有时在街边的角落里，他醉得一塌糊涂倚着墙呼呼睡着了。他的每一个英镑都换成了烈性威士忌，以致他即使没醉的时候也四肢无力，眼睛红红的，连眼皮也懒得睁开，一副没精打采的枯槁样子。

亲人们劝过他无数次，甚至骂过他很多次，但就是无法让他同酒精诀别。他也信誓旦旦说："除非让我死掉，否则，我是绝不会离开酒的！"

大家都替他惋惜，一个正值青春年华的年轻人，就要被烈性威士忌给彻底毁掉了，邻居们为他惋惜得直叹息，亲人们为他惋惜得直掉泪。

束手无策的亲朋好友们为了挽救他，不得不用上了一个最残酷的办法，那就是彻底断掉他的经济来源，让他一文不名，无钱买酒，逼迫他去找工作。

他向亲人要钱，亲人们冷着脸不理睬他。他向朋友们借钱，朋友们找出各种理由去搪塞和拒绝他。没办法了，走投无路的他只好硬着头皮去找工作，以图挣些钱来买酒喝。

他找了个几家公司，终于有一家公司录用了他。但干了没多久，公司看他整天呵欠连天有气无力的样子，坚决把他辞退了。

无所事事的他没办法，又强撑着自己被酒精噬空了的年轻躯体，开始了第二次艰难的求职，好不容易又被一家公司录用了，但发现他上班时总是醉醺醺的样子，忍无可忍的经理很快又解雇了他。

亲朋好友们以为这些挫折足可使他回头了，但谁也没料到，穷困潦倒的他却又结交上了一些臭名远扬的政客，这些可恶的政客们十分欣赏他的思维敏捷和能言善辩，他们带着他出入大大小小的酒吧和形形色色的夜总会。他醉得更厉害了，甚至有一夜醉倒在酒吧的盥洗间里，昏昏沉沉地睡了整整一夜。

"完了，他算彻底毁了！"亲朋好友不禁深深为他感到痛惜，就连他的母亲也对他不寄予任何希望了。因为他在读大学时偷偷吸鸦片，三十多岁了还一事无成，每天不是睡懒觉睡到中午，就是沉湎于威士忌中不能自拔——人生的路，他走错得太多了，向深渊里滑得太远了。

连他自己的母亲对他都如此绝望，还有谁能对他有那么一点点的期望呢？对他的后半辈子或一生，我们似乎也可以像他的亲朋好友，以及街坊邻居那样毫不犹豫地给予盖棺论定：他完了，他的一生完了，他只不过是个醉鬼和终生一事无成的废人罢了。

但是且慢，你知道他是谁吗？

他就是年轻的温斯顿·丘吉尔，二战时期的英国首相，一位历史不会遗忘的世界伟人！

我们可能想不明白，一个在人生路上走错了如此远的人，一个连自己母亲都替他的人生绝望的人，一个大学时偷吸鸦片，懒得日上三竿还迟迟不起床的懒汉和醉鬼，一个曾被名不见经传的小公司解雇的人，为什么竟能成为英国功勋卓绝的首相和一位举世瞩目的杰出人物呢？

虽然我们想不明白，但我们却可以由此得知，一个人一生的路，不是走错一步就万劫不复。人生不止一步，只要不因自己的一步失误而让心灵绝望，那么一切都可以重新开始。

人生的路是遥远的，它不止一步，迈错了一步没关系，只要你能校正梦想的方向，你的生命也能有瑰丽的彩虹。

文/吕晓

海军上将教你改变世界

在这个世界上，

你必须成为你希望看到的改变。

——甘地

美国上将威廉·麦克拉文有很多荣誉：当前的海军上将，之前的海豹突击队成员，2011 年《时代》周刊年度人物，指挥刺杀本·拉登的人。麦克拉文在德克萨斯州州立大学的毕业典礼的上演讲，更让现场的学生惊叹连连。

在演讲当中，他强调了改变世界需要什么，以及他在海豹突击队训练当中学到了什么。以下是他在演讲中传授的 10 个改变世界的理念。

1. 如果你想改变世界，先铺好你的床。

如果你每天早上铺好你的床，完成这天的第一个任务，它会给你小小的自豪感，会鼓舞你去完成其他任务。如果你无法正确地完成小事情，你将永远无法正确地做大事情。

2. 如果你想改变世界，要找到能帮你划桨的人。

麦克拉文懂得这个道理，是因为以前在日常训练的时候，他要跟海豹突击队的队友一起划桨，推动船只在激烈的洋流里前进很长的距离。如果团队不能合作，他们就无法去到更远的地方，船只会被太平洋的大浪掀翻。你不能独自改变世界，你需要帮助，从起点到目的地，你需要朋友、同事和好心的陌生人的帮助，需要强有力的领导引领。

3. 如果你想改变世界，通过心的大小去衡量一个人，而不是通过他们的拖鞋的大小。

麦克拉文说："在海豹突击队训练时，有一个团队的成员比其他团队的成员都矮小，我们常常嘲笑他们的拖鞋小。然而，结果他们是笑到最后的人。他们游泳比我们快，把我们所有团队都远远地抛在后面，最先到达岸上。"换句话说，永远不要通过一本书的封面来判断这本书。

4. 如果你想改变世界，不要拒绝成长，要不断前进。

听起来好像是搞笑，但其中的道理是：生活是不公平的，然而没有关系。只要我们不断成长，最终会有能力改变世界。

5. 你想改变世界，不要怕表演。

在海豹突击队，如果达不到要求，是要表演的。参与训练的人员害怕失败，因为他们不想表演。你会失败，你可能经常失败。失败令人痛苦，让人沮丧。有时失败考验你的内心，可是你不能害怕失败。失败会让你更加敏锐，从长期来看使你变得更优秀。

6. 你想改变世界，有时候你得先从障碍物上滑下来，有进取心，有时候你需要勇敢，冒险向前冲。

7. 你想改变世界，不要因为见到鲨鱼而退缩。

我们要站得高才能望得远，不要怕怀疑者，不要怕欺凌者。当然，受到怀疑和欺凌的时候要设法化解。

8. 你想改变世界，在最黑暗的时候你一定要做到最好。

在执行任务时最黑暗的时刻，就是你一定要平静和放松的时刻，就是要用上你所有的策略、体能和内心力量的时候。

9. 你想改变世界，泥土埋到颈部的时候你也要歌唱。

在一次最艰苦的训练当中，麦克拉文的一个队友突然唱起歌来，带动所有参与训练的人员都唱起来，更重要的是，他给很多正要放弃的人带来了希望。

10. 你想改变世界，不要，千万不要把铃拉响。

在海豹突击队训练时，教官会在所有学员都看得见的地方悬挂一个铜铃，如果你要放弃，只要拉响那个铜铃就可以了。拉响它，你再也不用凌晨 5 点钟起床；拉响它，你再也不用在冰冷刺骨的水里游泳；拉响它，你再也不用那么拼命地跑，不用翻越那么多障碍，不用忍受训练给你带来的那么多困难。可是，如果你想改变世界，不要拉响那个铃，千万不要。

文/白云非

梦想，请您赏脸

> 人生就是不断地发现与颠覆，颠覆自己，
> 颠覆所有的追寻与梦想，然后发现更好和更美的。
>
> ——张小娴

在英国剑桥大学有两个 22 岁的大学生，一个叫罗斯·哈珀，来自伦敦南部，所学专业是神经学；另一个叫埃德·莫埃斯，来自多塞特郡的普尔，所学专业是经济学。尽管他们的家境都不大富裕，但却都很要强、自立。

从上大学之日起，他们就有了一个共同梦想：在毕业前还清 5 万英镑的学费贷款。

起初，他们和许多大学生一样，试图靠课余打工逐步还清贷款，但进展缓慢，收效不理想。他们常琢磨：有什么更好的办法，可以更快地还清学费贷款呢？

2011 年夏季的一天，哈珀和莫埃斯正在备战期末考试。休息

的时候,哈珀突然产生了一个实现梦想的灵感:用自己的脸打广告,或者说是用自己的脸作为广告空间出租。他们很兴奋,觉得这个创意既新鲜又好玩,特别突出的优点是:投资少,具有很强的操作性。

当年的 10 月 1 日,为了把梦想变成现实,他们的生意正式开张了。他们设立了"赏脸"网站,招揽用他们的脸画出商标的客户。他们表示:任何个人、企业或机构,都可以通过"赏脸"网站"买脸",购买他们的广告空间。

广告商可选择脸的正面,也可选择左右脸颊,然后画上指定商标。在约定的日子里,他们会保留商标,并可应广告商的要求,出入指定的公共场所,同时将相关照片上传到网络。广告的受众,主要是他们生活中身边的人。收费以天计算,具体的标准可以商谈。

尽管这个实现梦想的创意起初遭到了一些人的怀疑,甚至嘲笑,但是他们勇往直前。在课余时间,他们经常按照客户要求,在脸部画上各种广告标语和图案,然后去皇家歌剧院看表演,或去潜水、跳伞、滑雪,等等。当然,这些活动经费都是客户"埋单"。

他们的起步相当不错,简直可以说是出乎意料。创业数周后,他们就赚到了 5000 英镑。莫埃斯说:"生意好得超出预期,我们切实地感到了脸的价值。"哈珀看得更远些:"大学毕业生的就业市场非常严峻,看到许多学生求职不成功,只能从事自己不喜欢的职业时,我们很不甘心。于是我们想绕开老办法,另辟蹊径。用自己的脸打广告,就是与众不同的非传统方式。我们已经为下一步发展做好了准备，努力让它变成一份职业。"

他们最初的客户基本是朋友和家人，一天收费只有 1 英镑，约合 10 元人民币。后来，随着客户的不断增多，最多时的收费已经涨至一天 400 英镑。到 2012 年 2 月底，仅仅 5 个月的时间，他们就赚到了 3.1 万英镑。他们对这门生意的投资，只是花 100 英镑买了没有副作用、不损害皮肤的优质化妆颜料。

目前，他们最大的客户是英国商人帕迪鲍尔创办的博彩公司和美国的安永会计师事务所，后者已经成为"赏脸"网站的正式赞助商。会计师事务所负责招聘会计工作的简·鲁滨逊女士说，她的同事对哈珀和莫埃斯的乐观进取、踏实肯干的印象很深刻，通过两人宣传的招聘广告也"非常成功"。

虽然他们的公司规模还很小，但生意红火，已经引起了不少大企业的关注。最近，他们招募了数十位学生出租脸庞，雄心勃勃地准备在两个月之内将业务拓展到国际市场。

前不久，英国《太阳报》和《星期日泰晤士报》都刊登了他们在接受记者采访时说过的一段话：

"在世上诸多美好的事物中，有两个最公平，那就是青春与梦想，不分男女，不分贫富，不分尊卑，人人都可享有。人生，就是为了梦想和兴趣而展开的表演。青春，就更应该为了梦想和兴趣而展开大胆的表演。"

文/杨斌

梦想再微小，也会有力量

Dream is powerful, no matter what it is.

成功没有左顾右盼，

成功就是一往无前，充分做好一件事。

梦想再微小，也会有力量

DREAM IS POWERFUL, NO MATTER WHAT IT IS.

chapter2

TWO
重要的不是努力，
而是如何努力

~~~~~~~~~~~~~~~~~~~~~~~~~~~~~~~~~~

每天都给自己一句鼓励，每天都制定一个必须达到的目标，每天减少一些无谓的抱怨，生活就会充实一些，与梦想的距离也就更近一些。

登顶的秘诀

简单可能比复杂更难做到：

你必须努力厘清思路，从而使其变得简单。

但最终这是值得的，因为一旦你做到了，便可以创
造奇迹。

——乔布斯

几年前，一支由七名业余队员组成的登山队宣布攀登珠穆朗
玛峰，央视首次全程直播，而且中国移动公司为此专门做了一个
网站，海拔 6500 米以上的人还可以通过海事卫星电话上网。在媒
体的推波助澜下，此次攀登珠峰引起了人们前所未有的热情关注，
一时间盛况空前。

在七名队员中，有两个人尤为引人注目。一个是深圳万科集
团董事长王石，鼎鼎大名的地产泰斗。在房地产界，没人敢怀疑

他的能力，但是对于登山，他充其量只是个业余爱好者，何况他已年过五十，年龄是致命的弱点，要想征服世界第一高峰，谈何容易？人们不禁为他捏了一把汗。

另一个是比王石小十岁的队友，身体素质和状态都特别好，在北京怀柔登山基地训练时，一般人登山负重最多只有20公斤，他负重40公斤仍然行走自如；别人走两趟，他能走三趟。于是人们纷纷预测，这名队员应该是第一个登顶的，自然他也成了媒体关注的焦点。

按照预定计划，登山队如期踏上征程。整个登山过程中，那名呼声最高的队员身兼数职，一路上他要接受记者采访，每天还要抽空上网，看看网友发的帖子，回复人们的关心和祝福。不仅如此，他还要全程跟踪拍摄登山过程，并把一些相关图片按时发给家乡的电视台。

王石本来就是个财富名人，加上他的年龄特殊，按常理来说，他肯定是最受媒体和人们关注的队员。可是恰恰相反，他表现得极为低调，事先约定不接受记者采访，不面对摄像机，只是默默地专心登山。

在海拔8000米营地宿营时，金色的夕阳倾泻在白雪皑皑的珠峰上，风景奇丽，无比壮观。队友们个个兴奋异常，纷纷跑出去欣赏美景，只有王石不为所动。有人马上招呼他："王总，快出来看看，风景多么壮观啊！"

他躲在帐篷里没吱声。几分钟后，不见王石出来，又有队友提醒他，"王总，你再不出来会后悔的，我们登了这么多山，还从没见过这么美的风景。""会当凌绝顶，一览众山小"，站在那样的高度看世界，能不美吗？王石丝毫不怀疑队友的好意，可是他依然坚持闭门不出，固执得像一块石头，简直名副其实。

第二天，登山队到达海拔 8300 米的高度。众所周知，越是接近顶峰，危险和挑战也就越大。当晚，大家开始慎重地选择是否登顶，那名呼声最高的队友却不得不放弃了登顶，此时他的体力已消耗殆尽。最终，七名队员中只有四人成功登顶，包括王石，而且自始至终全队只有他一人没受伤，近乎完美地登上了世界第一高峰。

最具实力的队员没有登上顶峰，而最不被看好的王石竟一举登顶，这样的结局大大出乎人们意料。

下山后，王石欣然接受采访，记者的第一句话就是："真没想到！"接着又问，"王总，难道你有什么登顶的秘诀吗？"此刻他开心地笑了，"哪有什么秘诀啊？自从第一脚踏上珠峰，我的心中就只有一个目标，那就是登顶，任何与此无关的事情我一概不做。"

果真没有秘诀？其实，王石已经一语道破天机，那就是两个字——专注。

文/致远

打开那扇窗

哪怕是最没有希望的事情，

只要坚持去做，到最后就会拥有希望。

——乐嘉

　　她出生才 3 个月的时候，医生诊断她患有先天性白内障，就算做了手术，视力也达不到 0.1，这等于宣告她一辈子都将是盲人。父母将她遗弃了。刚 10 个月时，姥姥带她去医院做了手术，左眼视力恢复到在 1 米远的距离，能模糊地看见手指头，而右眼完全失明，她的世界几乎只有黑暗。

　　在姥姥的严格管教下，凭着过人的听觉和触觉，她可以单独出门，甚至拿东西也不必摸索。长大后，她进盲校学习钢琴调律，毕业后分配到一家钢琴厂工作。

　　一天，她乘公交车去上班，照例拿出盲人乘车证，由于从外表很难看出她是盲人，售票员怎么也不相信她，两人发生争执，结果她下车时被车门夹伤了胳膊。半年后，她的伤好了，工作也丢了。

得找份工作养活自己才行，那时北京有20多家琴行，她就一家一家上门去应聘。无一例外，当她介绍自己是盲人时，别人先是惊讶地张大嘴巴，随即把头摇得像拨浪鼓："盲人还能调琴？没听说过。"试也不试就把她打发走了。

连吃了几次闭门羹，她有些沮丧，谁让自己是盲人呢？不被人们信任也不足为奇。那天走在大街上，她忽然灵机一动，反正别人看不出我是盲人，下次应聘时，不如干脆冒充健全人！

拿定主意，她又来到一家规模较大的琴行，果然，经理没看出她有什么异常，拿了一台琴让她调，她调得很准。经理又找了一台破琴让她修，工夫不大琴也修好了，经理大为折服，当即说："没想到你小小年纪又能调又能修，还非常熟练，你明天就来上班，月薪800元。"她暗自扬扬得意，没想到略施小计就马到成功。

哪知道，经理却准备让她上门帮顾客调琴。偌大的北京，自己怎么找啊，她犹豫了一阵，只好如实相告："其实我是盲人。"经理一听，吓了一大跳："盲人？真没看出来，听说过盲人可以调律，但没想到你能调得这样好。"

经理这句话让她心里重新燃起一线希望，于是她趁热打铁："盲人钢琴调律在欧美已有 100 多年历史了，我学的就是欧美先进技术，一定会让用户满意，也能给琴行赢得好的信誉。"

经理接着说："你的技术我看到了，但是你的工作只能是上门为用户服务，钢琴卖到哪儿，你就要走到哪儿，没人带你，你能找到用户家吗？再说，路上那么多车，要是你在路上被车撞了，我还得负责啊。"经理的话虽然说得直白，倒也合情合理，无懈可击，看来她只有打道回府了。

可她站着没动，稍加思索便反问道："北京一年要发生许多交通事故，到底撞死了几个盲人？"

"不知道。"经理真被她给问住了。

"一个也没有。"

"为什么？"

"俗话说，淹死的全是会水的。我看不见就会躲得远远的，汽车来了我就会尽量靠边，要是能上墙头，我肯定上墙了。"

短短几句话有理有据，还不乏幽默风趣，把经理给逗乐了："没想到你还挺幽默，不过……"她听到经理话锋一转，情知不妙，赶紧说："您先给我一个月时间去熟悉大街小巷，到时候您再决定要不要我。"话已至此，哪怕是铁石心肠的人也不忍断然拒绝。经理被她的睿智和执着感动了，说："只要你能胜任，我非常乐意把这份工作给你。"

一个月之后，她果然熟悉了全北京的大街小巷，顺利得到了这份工作。她在克服了常人无法想象的困难之后，渐渐在琴行站稳了脚跟，而且一干就是几年。因为技艺精湛，她的名声越来越大，那家琴行的生意也越来越好。

就在老板准备重用她时，她冷静地炒了老板的鱿鱼，开始做个体钢琴调律师。如今，她是中国音乐家协会钢琴调律学会注册会员，现任北京陈燕新乐钢琴调律有限责任公司经理，她就是著名的第一代盲人女钢琴调律师陈燕。

一个盲女子，竟炒了老板的鱿鱼，成就了一番事业，全凭胆识和智慧。陈燕在接受电视台采访时，一脸灿烂地说道："上帝给你关上一扇大门的时候，一定会给你打开一扇窗。"是的，只要打开那扇窗，阳光就会洒满心房，照亮七彩人生。

文/姜钦峰

为一只蚂蚁引路

一个人只能为别人引路，
不能代替他们走路。

———罗曼·罗兰

亿万富豪丹尼尔在散步时，发现一个小男孩蹲在路边，手里拿着一根草茎在地上摆动着。丹尼尔好奇地俯下身子，抚摩着小男孩的头，问道："孩子，你在干什么呢？"

小男孩头也不抬地回答道："我在为一只蚂蚁引路。"

丹尼尔听了忍俊不禁："一只蚂蚁需要你引什么路？"

小男孩认真地回答："这只蚂蚁和同伴走散了，正惊慌失措地四处寻找它的同伴，我要把它引到它们的队伍中去，这样它才有生存下去的机会。"

丹尼尔这才仔细地去看，原来小男孩在用草茎将一只走散的蚂蚁慢慢地引到那些蚂蚁群中去。在小男孩的努力下，那只走散了的蚂蚁终于被小男孩引到了那些蚂蚁群中。见到了同伴，那只走散了的蚂蚁立刻欢快地和大家碰着触角，显得十分亲热和兴奋。

丹尼尔不禁对小男孩这种心地善良的做法很是欣赏，他说："谢谢你，为那只走散了的蚂蚁找到了同伴，也找到了生存下去的机会。"

小男孩这才抬起头来望着丹尼尔，他眨着一双聪慧的眼睛，露出甜美的笑容。看着这纤尘不染的笑容，丹尼尔心里荡起层层涟漪……

离开小男孩，丹尼尔一路上不住地自言自语："为一只蚂蚁引路，真的很有趣、很有创意……"

原来，丹尼尔是美国德克萨斯州一家大型连锁超市的大老板。他乐善好施，常常慷慨解囊，扶危济困。而这次偶然在路边看到一个小男孩为一只小蚂蚁引路，给丹尼尔心灵带来很大的震动。他想，给那些迷失方向的蚂蚁引上一条路，使那些走失的蚂蚁不再迷惘、惊慌，真是一种聪明的做法。行善，从某种意义上讲，也是这个道理。

不久后的一天，丹尼尔刚走到公司门口，忽然被一个中年妇女挡住了去路。中年妇女带着一个七八岁的小女孩，一把鼻涕一把眼泪地向丹尼尔泣诉道："丹尼尔先生，请您可怜可怜我们母女吧！我丈夫得了重病去世了，我也失业了，我们母女的生活陷入了困境。"说罢，女人从包里拿出相关证明，央求丹尼尔能救济一下她们母女。

丹尼尔听了，心里充满了同情。如果这事发生在从前，他会马上叫财务部门拿出一些钱给这对母女救急。但今天他没有这样做，而是亲切地询问那位女人以前是做什么工作的。

女人泪流满面地回答："我以前是做财务工作的。"

丹尼尔听了眼睛一亮，他对女人说道："我马上安排人事部门对你进行考核，如果没有什么问题，你就在这家超市财务部门工作，并预支你3个月的工资。"

女人听了，脸上露出欣喜的光芒，对丹尼尔连连称谢。

一年后，在这家超市担任财务主管的苏姗女士，她的业务能力和创新意识，很受老板丹尼尔的赏识和器重。在圣诞节超市举办的晚会上，苏姗女士对前来参加晚会的丹尼尔说道："谢谢您，丹尼尔先生，是您把我引上了一条自食其力的路子，同时，也给了我一种人格的尊严。"

丹尼尔笑道："尊敬的苏姗女士，不用谢我，是您的才华和努力，在生活中得到了回报。"

苏姗女士羞涩地笑了，笑得很明媚。

一天，丹尼尔收到一封名叫雅各布的年轻人给他写的信。信中说，他今年刚考入麻省理工学院，由于父母早逝，生活十分困难，上大学的费用到现在还没有着落，希望丹尼尔先生能资助他一下。

丹尼尔看了这封信，给他回了一封信，信中说道，你进入大学后，可以到我公司开在麻省理工学院校外的那家连锁超市分店打工，我将提前预支你一年的打工工钱，我会把你的相关情况向那家超市说明的，届时你去办理相关手续就行了。

几年后，已是一家软件开发公司老板的雅各布在公司成立仪式上说道："当初，我是一个穷困潦倒的学生，我向丹尼尔先生求助。丹尼尔先生独辟蹊径，把我引上一条自食其力的路子。如果当初他只给我一些钱，只能解决一时之急，甚至会让我养成懒惰、不劳而获的思想……可以说，如果当初没有丹尼尔的高瞻远瞩，也就没有我今天的创业成功。他的行善，充满着一种智慧和深谋远虑，使被救助的人，得到了一种人格的尊严和力量。"

在出席德克萨斯州举办的大型慈善活动中，丹尼尔对来宾们说了这么一句话，他说："为一只蚂蚁引路，就是一种最大的行善。行善的根本宗旨，是要给被行善的人，找到一条光明灿烂的路子，还要给人以人格尊严。这是一种道德，更是一种人格力量的升华。"

丹尼尔的一番话，在人们心里荡起了层层涟漪，使人们心里溢满了温暖和感动。德克萨斯州发行量最大的报纸《休斯敦纪事报》在评论中指出："为一只蚂蚁引路，是行善的一种最高境界。行善的出发点在于引路。引路，是一种智慧，更是一种心地坦荡的大爱。"

文/李良旭

发现财富的眼光

> 每当你发现自己和大多数人站在一边，
> 你就该停下来反思一下。
>
> ——马克·吐温

狄奥力·菲勒出生在一个贫民窟里，和很多出生在贫民窟的孩子一样，争强好斗，也喜欢逃学。但与众不同的是，菲勒从小就有一种发现财富的非凡眼光。他把一辆从街上捡来的玩具车修理好，让同学们玩，然后向每人收取半美分。仅仅在一个星期之内，他竟然赚回一辆新的玩具车。

菲勒的老师深感惋惜地对他说："如果你出生在富人的家庭，你会成为一个出色的商人。但是，这对你来说已是不可能的，你能成为街头商贩就不错了。"

菲勒中学毕业后，正如他的老师所说的，真的成了一名小商贩。他卖过电池、小五金、柠檬水，等等，每一样都经营得得心应手。与贫民窟的同龄人相比，他可以说是已经出人头地了。

但老师的预言并不全对，菲勒最终靠一堆丝绸起家，从小商贩一跃而成为商人。

那堆丝绸来自日本，数量足足有一吨之多，因为在轮船运输当中遭遇风暴，这些丝绸被染料浸湿了。如何处理这些被浸染的丝绸，成了日本人非常头痛的事情。他们想处理掉，却无人问津；想运出港口，扔进垃圾箱，又怕被环境部门处罚。于是，日本人打算在回程的路上把丝绸抛到大海里。

港口有一个地下酒吧，是菲勒夜晚的乐园，他经常到那里喝酒。那天，菲勒喝醉了。当他步履蹒跚地走到几位日本海员旁边时，海员们正在与酒吧的服务员说那些令人讨厌的丝绸。说者无心，听者有意，他感到机会来了。

第二天，菲勒来到轮船上，用手指着停在港口的一辆卡车对船长说："我可以帮助你们把这些没用的丝绸处理掉。"结果，他不花任何代价便拥有了这些被染料浸过的丝绸。然后，他用这些丝绸制成迷彩服装、迷彩领带和迷彩帽子。几乎在一夜之间，他用这些被染料浸过的丝绸，使自己拥有了 10 万美元的财富。

从此，菲勒不再是小商贩，而成为了一个名副其实的商人。

有一天，菲勒在郊外看上了一块地。他找到地皮的主人，说他愿花 10 万美元买下来。地皮的主人拿到 10 万美元后，心里嘲笑他真愚蠢："这样偏僻的地段，只有傻子才会出这么高的价钱！"

令人料想不到的是，一年后，市政府宣布：在郊外建造环城公路。不久，菲勒的地皮升值了 150 倍。城里的一位地产富豪找到他，愿意出 2000 万美元购买他的地皮，富豪想在这里建造一个别墅群。但是，菲勒没有出卖他的地皮，笑着告诉富豪："我还想等等，因为我觉得这块地应该增值得更多。"

果然不出所料，三年后，菲勒把这块地卖到 2500 万美元。

他的同行们很想知道他当初是如何获得这些信息的，甚至怀疑他和市政府的高级官员有来往。但结果令他们很失望，菲勒没有任何一位在市政府任职的朋友。

菲勒活了 77 岁，临死前，他让秘书在报纸上发布了一个消息，说他即将去天堂，愿意给逝去亲人的人带口信，每人收费 100 美元。这一看似荒唐的消息，引起了无数人的好奇心，结果他赚了 10 万美元。如果他能在病床上多坚持几天，可能赚得还会更多些。

他的遗嘱也十分特别，他让秘书再登一则广告，说他是一位礼貌的绅士，愿意和一个有教养的女士同卧一个墓穴。结果，一位贵妇人愿意出资 5 万美元和他一起长眠。每年去世的人难以计数，但能像菲勒这样具有如此执着的商业精神的人又有几个？

菲勒的发迹和致富，在许多人的眼中一直是个谜。解铃还得系铃人。他那别具匠心的碑文，也许概括了他在平凡中不断发现奇迹的传奇一生，也许能帮助不少人解开他的发迹和致富之谜：

"我们身边并不缺少财富，而是缺少发现财富的眼光。"

文/晓军

你在为谁打工

每个人都在为自己打工，

无论他是为了养活自己，还是为了自己的前途做铺垫。

——成君忆

齐瓦勃出生在美国乡村，只受过很短的学校教育。15岁那年，家中一贫如洗的他就到一个山村做了马夫。然而雄心勃勃的齐瓦勃无时无刻不在寻找着发展的机遇。三年后，齐瓦勃终于来到钢铁大王卡内基所属的一个建筑工地打工。

一踏进建筑工地，齐瓦勃就抱定了要做同事中最优秀的人的决心。当其他人在抱怨工作辛苦、薪水低而怠工的时候，齐瓦勃却默默地积累着工作经验，并自学建筑知识。

一天晚上，同伴们在闲聊，唯独齐瓦勃躲在角落里看书。那天恰巧公司经理到工地检查工作，经理看了看齐瓦勃手中的书，又翻开了他的笔记本，什么也没说就走了。第二天，公司经理把齐瓦勃叫到办公室，问："你学那些东西干什么？"齐瓦勃说："我想我们公司并不缺少打工者，缺少的是既有工作经验、又有专业知识的技术人员或管理者，对吗？"

经理点了点头。不久，齐瓦勃就被升任为技师。打工者中，有些人讽刺挖苦齐瓦勃，他回答说："我不光是在为老板打工，更不单纯为了赚钱，我是在为自己的梦想打工，为自己的远大前途打工。我们只能在业绩中提升自己。我要使自己工作所产生的价值，远远超过所得的薪水，只有这样我才能得到重用，才能获得机遇！"

抱着这样的信念，齐瓦勃一步步升到了总工程师的职位上。25 岁那年，齐瓦勃又做了这家建筑公司的经理。

卡内基的钢铁公司有一个天才工程师兼合伙人琼斯，在建筑公司最大的布拉德钢铁厂时，他就发现了齐瓦勃超人的工作热情和管理才能。当时身为经理的齐瓦勃，每天都是最早来到建筑工地。琼斯问齐瓦勃为什么总来这么早，他回答说："只有这样，当有什么急事的时候，才不至于被耽搁。"工厂建好后，琼斯推荐齐瓦勃做了自己的副手，主管全厂事务。两年后，琼斯在一次事故中丧生，齐瓦勃便接任了厂长一职。因为齐瓦勃的天才管理艺术及工作态度，布拉德钢铁厂成了卡内基钢铁公司的灵魂。

因为有了这个工厂，卡内基才敢说："什么时候我想占领市场，市场就是我的。因为我能造出又便宜又好的钢材。"几年后，齐瓦勃被卡内基任命为卡内基钢铁公司的总经理。

齐瓦勃担任总经理的第七年，当时控制着美国铁路命脉的大财阀摩根，提出与卡内基钢铁公司联合经营钢铁的想法。开始时，卡内基没理会。于是摩根放出风声，说如果卡内基拒绝，他就找当时居美国钢铁业第二位的贝列赫母钢铁公司联合。

这下卡内基慌了，他知道摩根一旦与这家钢铁公司联合，就会对自己的发展构成威胁。一天，卡内基递给齐瓦勃一份清单说："按上面的条件，你去与摩根谈联合的事宜。"齐瓦勃接过来看了看，对摩根和贝列赫母公司的情况了如指掌的他微笑着对卡内基说："你有最后的决定权，但我想告诉你，按这些条件去谈，摩根肯定乐于接受，但你将损失一大笔钱。"

经过分析，卡内基承认自己过高地估计了摩根。卡内基全权委托齐瓦勃与摩根谈判，取得了对卡内基有绝对优势的联合条件。摩根感到自己吃了亏，就对齐瓦勃说："既然这样，那就请卡内基明天到我的办公室来签字吧。"

齐瓦勃第二天一早就来到了摩根的办公室，向他转达了卡内基的话："从第51号街到华尔街的距离，与从华尔街到51号街的距离是一样的。"摩根沉吟了半晌说："那我过去好了！"

摩根从未屈就到过别人的办公室，但这次他遇到的是全身心投入的齐瓦勃，所以只好低下自己高傲的头颅。

后来，齐瓦勃终于自己建立了大型的伯利恒钢铁公司，并创下了非凡业绩，真正完成他从一个打工者到创业者的飞跃。

文/王飙

-064-

每天多挖半米

> 吃亏是福。
> 能吃亏的人，才配得上好运。
>
> ——饶雪漫

小时候家里穷，一顿三餐几乎都是窝头加咸菜。我和哥哥没有穿过新衣服，都是拣城里的亲戚家里表哥们穿过的。家里有 8 亩多地，一家人的吃穿用全靠那块地打出的那点儿粮食。冬天农闲的时候，父亲就去城里打些零工贴补家用。不管生活怎样苦，我和哥哥始终都没有辍学。全家人勒紧裤腰带，硬是在牙缝里挤出了我们的学费。

13 岁那年的冬天，我和哥哥的学费又涨了，尽管刚刚放假，可是我们却高兴不起来，都在为新学期的学费发愁。正巧有人来我们村包了一个工程，需要一些劳力去挖沟渠，我们一家三个男子汉都报了名。父亲沉重地说:"如果挣不到钱,你们两个就必须要下来一个了……"我和哥哥都在心里憋足了一股劲儿,要用自己的双手挣够自己下一期的学费。

哥哥比我大两岁,但瘦小得好像是我的弟弟。那个寒假,过得可真苦啊。头一天上工的时候,天刚蒙蒙亮就起身,父亲说我们年龄小,干得慢,所以要抢时间,免得被别人落下太多。

包工头是个很干练的中年人,他看到父亲领着两个孩子来挖渠,以为我们只是来帮父亲干的。就给我们量出了10米,那是一个人的工作量。干完了就能挣到10块钱。父亲说,我们三个人哩!包工头问父亲:"孩子能受得了吗?"父亲拍拍胸膛说没问题。包工头想了想说,那就给你们20米吧,总不能把孩子累坏了。

那天,我和哥哥的手都磨出了血泡,累得直不起腰来。包工头为我们划的线已经近在眼前了,可是干起来却像天涯那么遥远,怎么干也干不到头。父亲挥汗如雨,像马拉松运动员一样朝那个终点努力冲刺。终于,那个考验我们劳动极限的界线被父亲的铁锹铲破了,我和哥哥一屁股坐到地上,如释重负。可奇怪的是,父亲并没有停下来,而是催促我们起来,非要多挖出半米来。我们有些不解,别人干的都是正正好好的,1厘米都不多挖。

"为什么要多挖半米?"看到那些干完活的人,坐在那里眯着眼抽着烟,等着包工头来验收给工钱时,我终于忍不住问了父亲。母亲来送饭时,也埋怨父亲:"干吗多挖半米?白挨累!"

　　父亲没有回答，仍旧奋力挖着沟渠。我们知道父亲的脾气，不敢再多言语。

　　就这样，每天我们都要比别人多挖出半米来，我和哥哥咬牙坚持了10多天，挣钱的同时，也积攒了一肚子对父亲的怨气。

　　有一天，包工头给过我们工钱后，让我们到他的临时办公室去一趟。父亲开始忐忑不安起来，仿佛自言自语地对我们说："看来咱爷仨的活儿干不长远了。"

　　父亲的担心不无道理。看到挖沟渠来钱快，邻村的壮劳力也纷纷过来报名，自然是要挤掉一些人的。我们随父亲去了包工头那里，父亲很紧张，生怕他的担心变成事实。包工头问父亲："我发现你们总是比别人多挖出半米，为什么？"

　　父亲老老实实地回答说："这年头，找个活儿不容易，俺寻思多干点儿，这饭碗就能端得长远点儿，孩子也能继续念书了……"父亲的话让包工头笑了起来。在此之前，我几乎没有看到这个干练的中年男人笑过。他向父亲伸出了厚实的手掌，对父亲说："我姓刘，以后叫我老刘就行。"

　　是父亲的坦诚和老实得以让我们继续端着手中的饭碗。工地上每天都在减人，每天又有新的劳力来，而我们爷仨，却最终站住了脚跟。我和哥哥不仅挣够了自己的学费，还有了些结余。父亲叫我们用剩下的钱为自己添些文具什么的，我和哥哥高兴坏了，去书店买了几本梦寐以求的课外书籍。

　　那些受过的苦累，早已忘得一干二净，对父亲的怨气不但消散一空，而且还变成了感激——到现在，我还珍藏着那两本用自己的汗水换来的书:《高尔基短篇小说选》和《鲁迅选集》。那是我汲取到的第一滴文学的雨露，它使我受益匪浅。

后来，老刘有一个更大的项目急着去承包，他想找个帮手帮他打点这里的活儿。说来奇怪，他竟然想到了父亲。父亲低着头不停地搓着手憨憨地问:"俺行吗?"老刘学着父亲当初为我们下保证的腔调拍拍父亲的胸膛说:"没问题。"父亲笑了:"那俺就试试。"父亲的坦诚和一丝不苟的认真劲儿这下子可派上了用场，他把老刘交给他的活儿打理得有声有色。

我们庆幸自己挣够了自己的学费，没有辍学。哥哥后来考上了一所名牌大学，成为我们村的骄傲。而我因为读了用自己的汗水换来的那两本书，开始喜欢上了写作，作文总是被老师拿来当作范文给同学们读，再后来，我就开始发表文章了，文字成了我生命中不可或缺的血液。

而父亲呢，因为老刘要去南方发展，他把本地的活儿都交给了父亲来做。父亲渐渐把工程做大，在我们这一带竟然已经小有影响了。他和老刘也成了最要好的朋友,常常在夜里没完没了地"煲电话粥"。

而这所有的一切，均源于父亲那多挖半米的劳动。

文/老玉米

梦想再微小，也会有力量

Dream is powerful, no matter what it is.

你所要做的，
就是比你想象的更疯狂一点儿。
只要你去做，你就是自己的奇迹。

比三个商人更聪明的专家

选择好的方法至关重要。

因为在正确的方法指导下，

我们能以最少的时间、最少的资源达到目标。

——埃克·拉寒尔

1999年4月5日，美国谈判专家史蒂芬斯决定建个家庭游泳池，建筑设计的要求非常简单：长30英尺，宽15英尺，有温水过滤设备，并且在6月1日前竣工。

俗话说：隔行如隔山。虽然史蒂芬斯在游泳池的造价及建筑质量方面是个彻头彻尾的外行，但是这并没有难倒他。

史蒂芬斯首先在报纸上登了个建造游泳池的招商广告，具体写明了建造要求。很快有A、B、C三位承包商前来投标，各自报上了承包的详细标单，里面有各项工程的费用及总费用。史蒂芬斯仔细地看了这三张标单，发现所提供的抽水设备、温水设备、过滤网标准和付钱条件等都不一样，总费用也有不小的差距。

4月15日，史蒂芬斯邀请这三位承包商到自己家里商谈。第一个约定在上午9点钟，第二个约定在9点15分，第三个则约定在9点30分。三位承包商如约准时到来，但史蒂芬斯客气地说，自己有件急事要处理一会儿，一定尽快与他们商谈。三位承包商只得坐在客厅里一边彼此交谈，一边耐心地等候。

10点钟的时候，史蒂芬斯出来请第一个承包商A先生进到书房去商谈。A先生一进门就介绍自己建造的游泳池工程一向是最好的，建好史蒂芬斯的家庭游泳池，实在是小菜一碟。同时，还顺便告诉史蒂芬斯，B先生通常使用陈旧的过滤网；C先生曾经丢下许多未完的工程，现在正处于破产的边缘。

接着，史蒂芬斯出来请第二个承包商B先生进行商谈。史蒂芬斯从B先生那里又了解到，其他人所提供的水管都是塑胶管，只有B先生所提供的才是真正的铜管。

后来，史蒂芬斯出来请第三个承包商C先生进行商谈。C先生告诉史蒂芬斯，其他人所使用的过滤网都是品质低劣的，并且往往不能彻底做完，拿到钱之后就不认真负责了，而自己则绝对能做到保质、保量、保工期。

不怕不识货，就怕货比货，有比较就好鉴别。史蒂芬斯通过耐心的倾听和旁敲侧击的提问，基本上弄清楚了游泳池的建筑设计要求,特别是掌握了三位承包商的基本情况:A 先生的要价最高,B 先生的建筑设计质量最好,C 先生的价格最低。经过权衡利弊,史蒂芬斯最后选中了 B 先生来建造游泳池,但只给 C 先生提出的标价。经过一番讨价还价之后,谈判终于达成一致。

就这样,三个精明的商人,没斗过一个谈判专家。史蒂芬斯在极短的时间内,不仅使自己从外行变成了内行,而且还找到了质量好、价钱便宜的建造者。

这个质优价廉的游泳池建好之后,亲朋好友对其赞不绝口,对史蒂芬斯的谈判能力也佩服得五体投地。史蒂芬斯却说出了下面发人深省的话:

"与其说我的谈判能力强,倒不如说用的竞争机制好。我之所以成功,主要是设计了一个公开竞争的舞台,并请这三位商人在竞争的舞台上做了充分的表演。竞争机制的威力,远远胜过我驾驭谈判的能力。一句话,我选承包商,不是靠相马,而是靠赛马。"

文/赵淑春

这也会过去

在所谓"人世间"摸爬滚打至今，

我唯一愿意视为真理的，

就只有这一句话：一切都会过去的。

——太宰治

1954 年，巴西的男女老少几乎一致认为，巴西足球队一定能荣获世界杯赛的冠军。然而，天有不测风云，足球的魅力就在于难以预测。在半决赛时，巴西队意外地输给了法国队，结果没能将那个金灿灿的奖杯带回巴西。

球员们比任何人都更明白，足球是巴西的国魂。他们懊悔至极，感到无脸去见家乡父老。他们知道，球迷们的辱骂、嘲笑和扔汽水瓶子是难以避免的。

当飞机进入巴西领空之后，球员们更加心神不安，如坐针毡。可是，当飞机降落在巴西首都机场的时候，映入他们眼帘的却是

另一番景象。巴西总统和两万多名球迷默默地站在机场，人群中
有两条横幅格外醒目：

失败了也要昂首挺胸！

这也会过去！

球员们顿时泪流满面。总统和球迷们都没有讲话，默默地目
送球员们离开了机场。

球员们对"失败了也要昂首挺胸"的理解是比较透彻的，可
相比之下，对"这也会过去"的理解却不够深透……

4 年后，巴西足球队不负众望，赢得了世界杯冠军。

回国时，巴西足球队的专机一进入巴西国境，16 架喷气式战
斗机立即为之护航。当飞机降落在道加勒机场时，聚集在机场上
的欢迎者多达三万人。在从机场到首都广场将近 20 公里的道路两
旁，自动聚集起来的人群超过了一百万。这是多么宏大和激动人
心的场面！

而人群中此时也有两条横幅格外醒目：

胜利了更要勇往直前！

这也会过去！

球员们对"胜利了更要勇往直前"很容易理解，对"这也会过去"

的理解仍然朦朦胧胧……

后来，巴西足球队的队长断断续续向一些人请教：应该怎样理解"这也会过去"的含义？

真是无巧不成书。队长请教的一位老者微笑着说，这条横幅是他写的。他给队长讲了下面的故事：

古希腊有位国王，拥有至高无上的权势和享用不尽的荣华富贵，但他并不快乐。他可以主宰自己的臣民，但却难以操纵自己的情绪。种种莫名其妙的焦虑和忧郁，不时地让他郁郁寡欢，寝食难安。

于是，他找来当时最负盛名的智者，要求智者找出一句人间最有哲理的箴言。这句箴言不仅要浓缩人生的智慧，而且必须有一语惊人之效：能让人胜不骄，败不馁；得意而不忘形，失意而不失志，始终保持一种积极向上的平常心态。

智者答应了国王，条件是国王将佩戴的那枚戒指先交给他。

几天后，智者将戒指还给了国王，并再三劝告：不到万不得已，千万不要摘下戒指上镶嵌的宝石，否则箴言就不灵验了。

没过多久，风云突变，敌国大举入侵。尽管国王率部拼命抵抗，但终因寡不敌众，王国沦陷敌手。于是，国王四处逃命。就在走投无路欲投河自尽之时，他想到了戒指。他急切地抠下了上面的宝石，只见宝石里侧镌刻着一句话："这也会过去。"顿时，国王的心头燃起了希望的火花。

从此，他忍辱负重，卧薪尝胆，积蓄实力，决心东山再起。最终他赶走了入侵之敌，夺回了王国的宝座。

他重新回到王宫所做的第一件事，就是将"这也会过去"这句五字箴言，镌刻在国王的宝座上。

这也会过去。正如孔子所说，"逝者如斯夫，不舍昼夜"。
这也会过去。正如普希金所说，"一切都是暂时的，转瞬即逝"。
这也会过去，一切胜败荣辱都将会过去。因此，处逆境时，应该学会坚韧和忍耐；而春风得意时，应该学会感恩与珍惜。
是非审之于己，毁誉听之于人，得失安之于素，成败归之于零。

文/于光

做一个让对手尊重的人

院子虽然很小，世界虽然很大，但不能钻进去，

要堂堂正正从门口走出去，不然会被卡住脸。

——张嘉佳

"球王"贝利的父亲是一名职业足球运动员，在父亲的影响之下，贝利从少年的时候起便喜欢上了踢球，他的球技比其他的孩子也略胜一筹。

一个夏日的午后，贝利像平时一样，穿着短裤，赤着脚与一群玩伴在一片空地上踢球。仅10分钟的时间里，他就连下对方三城。这时，贝利又一次得球，只见他左晃右突，先后闪过对方两名队员，但却遭到了第三名队员的顽强阻拦。

这似乎也难不住小贝利，他故意卖了个空子给对方，对方一伸脚就被他一个不起眼的绊子给放倒在地，接着，他便一路推进，

又一次把球射入了对方的球门。

小贝利正暗自得意之时，谁知他的父亲从天而降，一下子冲到他的面前，把他按在地上就是一顿痛打，所有的人都被贝利父亲的举动弄得不知所措。打完了，他把痛哭流涕的小贝利拎了起来喝问道："知道为什么打你吗？"

小贝利可怜巴巴地摇了摇头。他的父亲教训他说："踢球靠的是技术取胜，而不是靠下流的'小动作'。不管在任何时候、任何场合，你都要尊重你的对手，并且，你自己也要做一个值得对手尊重的人！"

童年的记忆，一直伴着贝利的成长，父亲的话语，一直是指引他前进的人生之路上的明灯。父亲植入他幼小心灵里的种子，终于在他人生的岁月里收获了丰厚的果实。

1958 年，17 岁的贝利被选入巴西国家队，并首次代表国家队与队友一起参加了在瑞典举办的第 6 届世界杯。他们一路冲杀，终于打进了决赛，而他们的夺冠对手正是占尽天时、地利、人和的东道主瑞典队。

比赛刚开始 4 分钟，瑞典队便以其凶猛的攻势首先破门得分，这一记射门刹那间让瑞典人看到了夺冠的希望。然而，接下来的时间里，巴西队渐渐地占了上风，只见贝利接到队友的传球之后，看到对方球员一下子上来两人夹击自己，便迅速将球传出，飞身向前，接到球的队友把对方球员吸引了过去，又一脚把球传回给奔跑中的贝利，接到球的贝利迅猛出脚，一记远射，足球打到门柱之后弹入门中。

这一记进球让瑞典的观众一个个看得目瞪口呆。就在人们还没有回过神来的时候，只见 40 米开外的队友又一记长传把球踢向贝利，在球还在空中飞行的过程中，几个瑞典的后卫队员也立即做出反应，从后向前封堵贝利。

此时的贝利镇定自若，只见他敏捷地用胸一挺把球停下，然后对着对方队员冲上来的方向把球轻轻一挑，这一挑拿捏得恰到好处，球刚好从对方后卫的头顶越过。不待足球落地，贝利已经迅捷地转身，同时晃过扑上来的三名饿虎般凶猛的瑞典队员，左脚凌空抽射，未等门将斯林索反应过来，球已直蹿大门右下角。

停球、挑球、转身、射门，一气呵成。这一记精彩绝伦的入球，折服了所有的瑞典人，在场观众站起来激情欢呼："贝利！贝利！"连瑞典队守门员也跳起来为贝利喝彩。在所有的瑞典人看来，自己的国家队输给这样的对手，是他们的荣耀！比赛结束之后，瑞典人毫不吝啬地送给贝利一个"球王"的称号。

凡是与贝利同场踢过球的人，不论是他的队友，还是对方球队的球员，无不被他精湛的球技和人格魅力所折服。他曾经不止一次地被对方球员重重地"铲"伤过，甚至因伤有好几年都不能上场踢球，从而导致巴西队世界杯卫冕失败，但他从不报复对方，他有一句名言就是："报复对方的最好方法，就是再进一个球！"

当他说这句话的时候，他一定想到了童年时的那个午后的一顿痛打，想到了父亲吼着对他说的那句话：你自己也要做一个值得对手尊重的人！

是的，贝利做到了！经历了无数人生的辉煌和荣耀的贝利，是一个尊重对手，也值得对手尊重的人。

文/王家志

乒乓绅士

在最平常的事情中，

都可以显示出一个人人格的伟大来。

——路遥

2007 年 5 月 26 日下午，我在家里看中央电视台直播的第 49 届世界乒乓球锦标赛。男子单打四分之一决赛，即中国选手马琳与白俄罗斯选手萨姆索诺夫的对阵，进行得异常紧张而激烈。马琳排名世界第一，萨姆索诺夫排名世界第六，两强相遇，龙争虎斗，自然格外引人注目。

比赛战至第二局，双方争夺得不相上下。当比分打到 4∶4 的时候，马琳一记凶猛扣杀，萨姆索诺夫奋力救球。尽管球没有落到台面上，但刚好擦边。

即使是一个优秀的裁判员，也不可能绝对避免错判。大概是球速太快，导致裁判员看错了，结果判萨姆索诺夫得分。

马琳十分客观而温和地向裁判员示意，球擦的是球台的下边，得分的应该是自己。

萨姆索诺夫也真诚地向裁判员示意，自己不该得分。

后来，镜头反复回放，球的确是擦在了球台的下边，但不知什么原因，裁判员依然坚持了原始判决。

马琳无奈地摇了摇头，但表示服从裁判。观众席上出现了一片唏嘘，一阵骚动。

接下来，轮到马琳发球。就在此时，一幕戏剧性的场面出现了。所有观众都清楚地看到：萨姆索诺夫在完全可以接好发球的条件下，故意将发过来的小球轻轻地推到了网下！

心照不宣，萨姆索诺夫用这种"自杀"输球的方式，不仅抵消了裁判员错判给自己的一分球，回赠了马琳一分球，而且维护了比赛的公平。

眼睛雪亮的全场观众，立即对萨姆索诺夫此举报以经久不息的热烈掌声。那掌声，显然是向萨姆索诺夫的高尚人格致敬！马琳也对他连连点头致意。

机敏的电视转播解说员脱口而出，立即做出了十分简洁且精彩的评论：乒乓绅士！毫无疑问，萨姆索诺夫是当之无愧的乒乓绅士！

不错，萨姆索诺夫的绅士风度，表现在他对对手的高度尊重，表现在他对输赢的超然态度，表现在他对体育公平性的无私捍卫，表现在他对自己人格的自觉坚守。

面对经久不息的热烈掌声，谦和的萨姆索诺夫只是礼貌地笑了笑，几乎看不出其他的任何表示，但是人心如秤，人心如镜。在乒乓绅士看来，友谊重于比赛，操守重于胜负，公平重于名利，品格重于奖牌。

5月27日，当第49届世界乒乓球锦标赛即将落下帷幕之时，大家看到了一个众望所归、深得人心的场面：体育道德风尚奖颁给了乒乓绅士——白俄罗斯名将萨姆索诺夫。

事后，萨姆索诺夫说了很简短、很朴实的感言："我不知道这样消极比赛是不是好，毕竟每个运动员追求的都是胜利。但是我知道，也追求一种公平竞争的环境。"

文/陈自强

梦想再微小，也会有力量

Dream is powerful, no matter what it is.

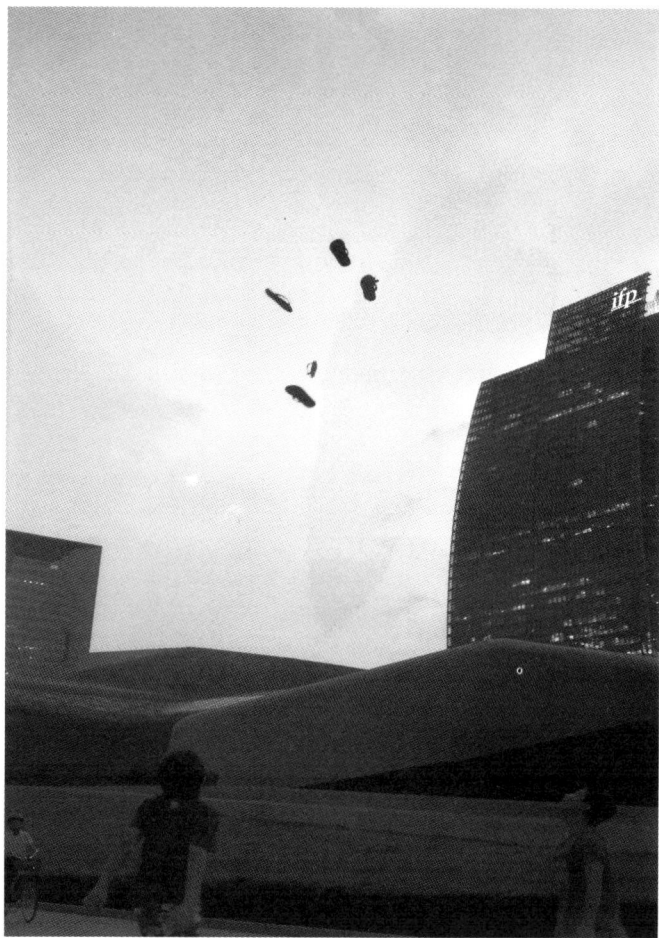

谁都有梦想，但不是每个人都能梦想成真，
有的人只会想，有的人会去做。

梦想再微小，也会有力量

DREAM IS POWERFUL, NO MATTER WHAT IT IS.

chapter3

THREE
每一次死磕，
都会让你瞬间长大

~~~~~~~~~~~~~~~~~~~~~~~~~

没有惨烈，就成不了传奇。每一次较量，都是一次成长的机会，每一次死磕，都会让你在无能为力中，鼓足勇气再努力一把。

每根鬃毛都是一种生命

好的艺术家模仿皮毛，
伟大的艺术家窃取灵魂。

——毕加索

1939 年，著名画家徐悲鸿应印度大诗人泰戈尔的邀请，前往印度国际大学讲学。在为期 3 年的讲学期间，泰戈尔常常陪同徐悲鸿游览喜马拉雅山麓的著名风景区大吉岭。

由于大吉岭地处海拔 2000 多米高的地区，他们游览时，常常需要骑着马，才能方便出行。在泰戈尔的帮助指导下，徐悲鸿很快学会了骑马。他们在马背上，一边畅谈文学和绘画，一边游览大吉岭的秀丽山色，还品尝着这里特有的红茶。

徐悲鸿发现，他们骑的这种马非常高大、长腿、宽胸、皮毛闪亮，性格非常剽悍，有种桀骜不驯的野性，但是，一旦你与它成了朋友，它就表现得驯良、耐劳，忠心地为主人服务。很快，徐悲鸿与这匹马就成了知己。从这马的根根鬃毛上，徐悲鸿看到了这马对自己的依恋、忠诚和友爱。

在游览空闲，徐悲鸿常常拿出画夹，画这种骏马。他采用泼墨和工笔兼写意的表现手法，着重刻画着马的神态和气质，塑造出马的英姿和飘逸。

每当徐悲鸿画马时，泰戈尔就在一旁静静观看着。细心的泰戈尔发现，徐悲鸿在画马时，非常认真，每一笔、每一点、每一墨，仿佛都经过了深思熟虑。有时他看到徐悲鸿提着笔，在那儿苦苦思索着，最终落下笔，却只是画出了马的一根鬃毛。

泰戈尔忍俊不禁：您思考了大半天，原来只是为了画马头上的一根鬃毛，这太费劲了，您把笔给我，看我给您画几根鬃毛，画鬃毛是很容易的事。

徐悲鸿听了，笑着将笔递给了泰戈尔。泰戈尔接过笔，在徐悲鸿画好的马头上画上了几根鬃毛。画完了，泰戈尔左看右看，脸上露出尴尬的笑容，说道，您看，我这几根鬃毛画上去，这匹马顿时变成了一匹病马、呆马、痴马，还是您画得好，画出了马的威猛、雄壮、剽悍，也画出了马的驯良、耐劳、忠实的性格。

徐悲鸿说道，这画马身上的鬃毛看似简单，其实应该画在哪儿，画多长，画多少弧度，直接关系到这匹马的整体形象。我观察很久了，发现这马在闲庭信步的时候，鬃毛的摆动是不一样的；

当这马奔跑起来的时候,鬃毛的摆动是不一样的;当这马低头吃草的时候,鬃毛的摆动也是不一样的……马上的每根鬃毛都是有生命的,从这鬃毛上,能看见马的喜怒哀乐。表现在画上时,只有将每根鬃毛都看作是一种生命,才能表现出这马的剽悍、勇猛、驯良、耐劳、忠实的性格。

泰戈尔静静地听完,紧紧握住徐悲鸿的手说道,尊敬的徐悲鸿先生,您给我上了很好的一课,艺术都是相通的,是没有国界的。是的,只有把每根鬃毛都看作是一种生命,才能达到艺术的登峰造极的境界,您不愧为当今世界最著名的画家。

在印度国际大学讲学期间,徐悲鸿创作了大量的骏马画作。这些骏马神态各异:虚实相间的弧线,富有弹性,飞扬的鬃毛,毫无凌乱之感,还使马充满了灵性和神韵。印度国际大学的师生们大开眼界,深受启发,他们将徐悲鸿赠送给他们的骏马画珍藏起来,还将国际大学的校训改为:

每根鬃毛都是一种生命。

这条校训,鼓舞并影响了一代又一代在这里求学的莘莘学子,人们从这条校训上,看到了追求艺术永无止境的真理。

文/旭旭

只有你，可以让我飞翔

雄辩的风带来洪水，胡同的逻辑深入人心。

你召唤我成为儿子，我追随你成为父亲。

——北岛

那一年我上高中，家里正是水深火热的时节。

屋漏偏逢连天雨，本来就家境贫寒，又遭遇了一场大冰雹，把地里所有的农作物都打成了残疾，这意味着一年的收成都泡汤了。父亲在一夜之间灰白了头发，不仅仅是为了他的庄稼，也为了那个是否让我退学的难题。

"无论如何，也不能让孩子中途退学。"这是父亲对我和他自己的承诺。由于生活窘迫，我在学校里处处捉襟见肘，那点儿可怜的生活费我要精打细算到每一分每一毛。在食堂吃最便宜的饭菜，而且每顿饭都只能吃个半饱。即便如此，兜里的那点儿硬头货每月还是早早就"举手投降"了，向生活缴了枪。

同学们自发的一些活动我从不参加，我的"小气抠门儿"是我的"死穴"，在他们攻击我的时候，常常令我无还手之力。但我也有自己的骄傲，那就是我的学习成绩一直名列前茅，还有我的篮球水平，在学校里也是数一数二的，它可以让我一直挺直腰板，永不低头。

学校里要举行篮球赛，作为班级的主力，我是必须要上场的，可是摆在我面前的一个难题是，我要穿什么鞋子去比赛？我羡慕同学们脚上那一双双白得耀眼的运动鞋，有阿迪达斯的，有匹克的，如果能穿上那样一双鞋子在篮球场上飞奔，该是多么潇洒，多么英姿飒爽啊！

可我只有两双布鞋，脚上的这一双和包里的那双新的，都是母亲自己缝制的，虽说那是母亲一针一线缝制出来的，但我并未感到舒适过。因为它只能踩在家乡的山路上，一旦踏上城市的马路，我的脚就像踩到了炭火上，格外难受。因为我看到人们看我时总是先盯着我的鞋子看，我看到他们的脚上穿的都是漂亮的鞋子，那个时候我是气馁的，一双鞋子泄露了我难于启齿的身世：一个穷酸的土包子。

有一次父亲来，同学们喊我："你爸在校门口找你。"我问他们怎么知道是我父亲来了，他们说："因为他穿了和你一模一样的鞋。"接着是一大帮人肆无忌惮的、能把人的自尊撕碎的笑。我看着脚下的鞋子，这贫穷和寒酸的象征，我恨不能一下子把它踢到南极去，让它再也不回到我的脚下。

我决定向父亲要一双运动鞋。尽管我知道它很贵，尽管我一向都很乖，很能体谅父母。那些天的夜里，我只做一个梦：我穿着白得耀眼的运动鞋，在篮球场上飞奔。我不停地扣篮、扣篮，像长了翅膀一样，我飞了起来！

那时我还不知道家里遭了灾，在电话里还不忘跟父亲幽默一把："老爸，您儿子山穷水尽啦！"父亲对家里的灾难只字未提，故作轻松地说，"别急，老爸明儿个给你送钱去，让你柳暗花明。"

我没想到父亲会亲自把钱给我送来，往常都是直接通过邮局就汇来了。我埋怨父亲糊涂，不会算账，这往返的路费要比那点儿汇费多很多呢！可父亲说他是搭别人的车过来的，没花钱。"那回去呢？"我还在为父亲的愚钝不依不饶，父亲却不恼，他一辈子都没有恼过，他憨笑着说："这不顺道还能看看你嘛！"

梦终归是梦，现实还是把它打回了原形。当我向父亲说出要一双运动鞋的时候，他显得很尴尬，他说他没带闲钱来，他支支吾吾地说，"只要你球打得好，同学们就会给你鼓掌的，谁会在乎你穿什么鞋子呢？"父亲自己都觉得这个安慰有些牵强，所以说的时候声音很小，仿佛自言自语一般。

我哭了，当着父亲的面。其实我完全能预料到那样的结果，父母是没有闲钱买这些奢侈品的。但我还是哭了，哭得很委屈。

父亲站在那里，不停地搓着两只手，像个做了错事的孩子，显得手足无措。没和父亲说再见，我扭头就回学校去了。

运动鞋的梦想从此彻底破灭了。我想我不能在全校的同学面前出丑，不能让所有的人都因为我的那双布鞋而笑话我，我决定退出篮球队。老师找到我，要我说出退出的理由，我支支吾吾地说，只想抓紧时间学习。

其实他们哪里知道，我是多么想在篮球场上奔跑啊！

就在比赛的前一天，门卫打电话过来，说有人找我。我在校门口看到了父亲，他的手里拎着一双崭新的运动鞋，耀眼的白，让我睁不开眼睛。我以为自己仍然在梦中，直到父亲催促我穿上试试的时候，我才敢确定这是真的。尽管不是名牌，但足以令我爱不释手，它真漂亮，我愿意叫它"白色天使"。我忍不住问父亲，怎么舍得花钱买了它？

父亲说，自从那天听了我的心愿之后，他就忍不住去了商场，打听那些运动鞋的价钱，准备回家取钱给我买。可是每一双鞋的价钱都让父亲倒吸一口凉气。在柜台前，他盯着那些好看的运动鞋看——其实是在看他儿子的心愿。正巧人家在搬货，嫌父亲挡道，就一个劲儿地往边上搡父亲。

父亲是个干活的人，看不惯他们干活的样子，像小孩子过家家一样，他忍不住替他们搬起货物来，以一当三。搬完后，老板非要给他些酬劳，他却不肯收。他说，就帮了这么点儿忙，怎么好要钱呢？可老板却坚持要给他，他就指了指货架上的那双运动鞋，挠着头，不好意思地对老板说，俺给你干一星期活，换那双运动鞋行不行？老板犹豫了一下，但还是同意了。

那一个星期对父亲来说，是一种多苦的煎熬啊！出力倒没有什么，关键是吃饭和睡觉的问题。因为口袋里没有几个钱，父亲只好每天吃一顿饭，而且每顿饭只吃一个馒头。晚上没地方住，父亲只好到桥洞里去对付，被蚊子咬得满身是包……

"就这样，鞋子到手了。"父亲不无得意地说着。我却再一次流下了眼泪。父亲慌了："怎么了，不满意这个样式？那我可以去给你换……"我一个劲儿地摇头，说满意。"都大小伙子了，别总掉眼泪。"父亲拍了一下我的肩膀，说要趁早往家赶，要不晚上就到不了家了。100多里路，父亲坚持要走着回去。

我急了，一把拽住父亲，问他是哪个商场，我要把鞋退掉，为父亲换一张回家的车票。父亲死活不肯，我抱着父亲说："爸，相信我，没有这双鞋子，我一样可以堂堂正正地走路。"

那一刻，我感觉自己一下子就长大了，真正长大了。

那场比赛，我穿着朴素的布鞋上场了。我不停地飞奔，不停地投篮，不断地把球投进篮筐，威力无比，势不可当，仿佛长了翅膀一样，像是在飞翔。在飞奔的时候，我想到的是父亲，在投篮的时候，我想到的是父亲，我要让父亲知道，我是他最棒的儿子。

从此，我在学校里有了和乔丹一样的绰号：飞人。

从那以后，我更加勤奋地学习。终于在第二年的夏天，考取了梦寐以求的大学。我成了我们村里飞出去的"金凤凰"，我真的会飞了，是父亲给了我坚强而自信的翅膀。

父亲，我唯一的翅膀在你那里。只有你，可以让我飞翔。

文/凉云断絮

梦想再微小，也会有力量

Dream is powerful, no matter what it is.

如果一个人不知道他要驶向哪个码头，

那么任何风都不会是顺风。

在陷阱里发现机会

> 智者创造机会,
>
> 而不是等待机会。
>
> ——弗兰西斯·培根

　　在前苏联卫国战争期间的一次激战前夕,苏军的一位侦察兵被派往前沿阵地侦察敌情。当时的天气很不好,不停地刮着寒风。阵地前面那片树林的树枝随风摆动着,发出"沙沙"的响声。

　　侦察兵用望远镜仔细地观察着树林里的动静,忽然发现了可疑的情景:一个与众不同的树枝,不是顺风倾斜,而是逆风而动。按照常理来说,树枝是不可能逆风而动的。这引起了他的注意和警惕。他想,这其中一定有什么原因。他认真思考片刻后做出了判断:树林中很可能埋伏着德军。

　　于是,他果断地向指挥部报告了自己的想法,提出了炮击树林的请求。苏军指挥部采纳了他的建议，并在他的引导下准确无误地炮击了树林。事后，在清理战场时发现了一批德军官兵的尸体，并俘虏了一些受伤的德军官兵。其中有一名是德军的上校军官，且随身携带着重要的军事文件。

从俘获德军官兵的口供中得知，这是一批精锐的德军特种兵。他们潜伏在苏军阵地前的树林里，目的是伺机发起对苏军前线指挥部的偷袭，活捉已经前来视察的苏军将领。可在潜伏过程中，有一个德军士兵因病而感到十分疲劳，便把身上的枪和水壶解下来，挂在了身旁的树枝上。

正是枪和水壶的重量使树枝出现了逆风而动的怪事。苏联侦察兵及时观察到了这一反常的现象，进而断定敌人在此埋伏，最终确保了苏军将领和指挥部的安全。那些倒霉的德军特种兵，直到临死的那一刻也不知道他们究竟是如何暴露的。

苏军最高统帅部得知了这位侦察兵的事迹后，下达了向他颁发战斗英雄奖章的命令。他所在部队的政治委员在颁发奖章时对苏军官兵说："在兵不厌诈的复杂战斗环境中，很难说是机会多还是陷阱多。因为机会用不好也可能变成陷阱，而在陷阱里也可能发现机会。我们要向这位侦察兵学习，学习他的胆大心细，学习他在陷阱里发现机会的本领。"

文/郝德华

激活生命的核能

有目标的人穿越困难航行，无目标的人躲避困难漂泊。

impossible 与 I'm possible 只差一点，那一点就是你生命的目标。

——古典

1944年,美国洛杉矶郊区一个没出过远门的15岁少年约翰·弋达德在《一生的志愿》表格上认认真真填上了这些项目：

到尼罗河、亚马孙河和刚果河探险；

登上珠穆朗玛峰、乞力马扎罗山和麦特荷思山；

驾驶大象、骆驼、鸵鸟和野马；

探访马可·波罗和亚历山大一世走过的道路；

主演一部《人猿泰山》那样的电影；

驾驭飞行器起飞降落；

读完莎士比亚、柏拉图和亚里士多德的著作；

谱一首乐曲，写一本书……

约翰·弋达德在《一生的志愿》表格上共填上了127个目标。写完后，他将每一项都编上号说："这就是我的生命志愿，我要用自己的生命去一一完成它！"当时，不仅是约翰·弋达德的同学和朋友认为这不过是他的痴人说梦，就连他的祖父和父亲都笑他说："孩子，你知道一个人的一生能做多少事吗？别说你有这么多愿望，只要你一生能做完其中的三五项就十分了不起了。"

但约翰·弋达德说："相信我，这些愿望对一个人的一生来说并不算多，我会一一完成给你们看的。"

18岁那年的秋天，约翰·弋达德就踏着落叶离开了自己的家乡，开始去追逐和实现自己那一大堆的人生梦想了，在亚马孙河探险时，他几次船毁落水，差一点儿就葬身水底；在刚果河探险时，他几次遭遇鳄鱼的袭击，几次都差点儿葬身鱼腹；在乞力马扎罗山上，他遭遇过惊心动魄的雪崩，被凶猛残忍的雪豹追逐……

但约翰·弋达德并没有因此而停止追逐自己人生志愿的脚步。他自信地说："上帝给了我这么多人生的志愿，我就相信自己一定能够完成它！"现在，经过二十多次死里逃生后，约翰·弋达德填在《一生的志愿》表格上的127个愿望，他已经完成了106个。

见多识广的约翰·弋达德深有感触地说："人生就是目标，目标越多越艰巨，你的人生就会越具动力越辉煌，就像一个人，你只让他耕一英亩地，同让他耕十英亩地所激发出来的生命能量是绝对不一样的！"

　　人生就是目标，目标是一种心灵的激励，目标太小，生命可能就只是一节电池的能量，而目标远大，生命就会具有无法想象的核能。

　　激励我们自己的心灵，以自己最远大的目标，激活我们生命最大的能量，才能创造出我们自己人生的奇迹。

文/理言

信念会让你实现

这个世界没有任何东西是不切实际的，

只要你有绝对的信念，虚幻的东西也会变成真实。

——白烛葵

在英国伦敦，有个年轻人名叫斯尔曼，他是一对著名登山家夫妇的儿子。在斯尔曼 11 岁时，他的父母在乞力马扎罗山上遭遇雪崩，不幸双双遇难。父母临行前，留给了年幼的斯尔曼一份遗嘱，希望他们的儿子斯尔曼能接着像他们一样，一座接一座攀登上世界著名的高山。在遗嘱中，他们赫然罗列了一些高山的名字：乞力马扎罗山、阿尔卑斯山、喜马拉雅山……

这样的遗嘱，对于斯尔曼来说，简直就是一场灵魂的地震，因为他是一个残疾孩子。年幼时，他的一条腿患上了慢性肌肉萎缩症，走起路来都有些跛，甚至有资深医生预测说："用不了多少年，斯尔曼必须锯掉他的那条残腿。"

但捧着父母遗嘱的那一刻，残疾的斯尔曼并没有害怕和退缩，他的眼睛里流露着一缕火焰般的坚毅："爸爸、妈妈，请你们在那几座高山之巅等待着我，我一定会征服那一座座高山，并在世界之巅和你们的灵魂相会！"

以后的六七年里，斯尔曼抱着征服世界巅峰的坚定信念，坚持不懈地锻炼着自己年轻却又残疾的躯体：他跛着腿参加越野长跑；跟随南极科考队在白雪皑皑的南极适应冰天雪地的艰苦生活；甚至远行非洲，到一望无际的撒哈拉沙漠上考验自己的野外生存能力。

终于，在 19 岁那年，凭着自己的坚强和年轻，斯尔曼不远万里来到了尼泊尔，来到了世界第一高峰珠穆朗玛峰的脚下——他要首先登上这座世界最高的雪山，在珠峰之巅和他父母的灵魂相会。一个身有残疾的人要征服珠穆朗玛峰？斯尔曼的壮举引起世界各国新闻媒体的注目。

经过半个月艰苦卓绝的攀登，在暴风雨、雪崩、零下几十度的严寒威胁下，在一次次死里逃生后，斯尔曼以残疾之躯终于登上了世界最高峰珠穆朗玛峰，站到了地球之巅。他的壮举，赢得了举世的尊敬。当众多媒体在他载誉归来，争抢着采访他时，他只说了一句话："因为这是我父母遗嘱中提到的一座山，还有阿尔卑斯、乞力马扎罗……许多高山还在等着我呢！"

21 岁时，斯尔曼登上了阿尔卑斯山；

22 岁时，斯尔曼登上了乞力马扎罗山；

……

28 岁前，斯尔曼一座一座全部登上了父母遗嘱中所开列给他的高山。在登完最后一座高山后，为了表达对这位身残志坚的勇士的崇敬与钦佩之意，欧洲多家慈善机构联合捐助，请来世界上最优秀的外科医生，为斯尔曼实施了截肢手术，给他装上了世界上最先进的脉感反应假肢。

人生就像一根蜡烛，能燃烧多久，并不取决于蜡的长短，而是取决于烛芯的长短。足够长的烛芯，可以让所有的蜡汁全都绽开成绚烂的火焰；而烛芯太短，当其燃烧到尽头时，即使蜡汁尚余，也会芯尽光竭的。

生命如蜡汁，而信念如烛芯，只有让信念贯穿我们的整个生命，我们的一生才会发出永恒的烛光。

文/李雪峰

梦想再微小，也会有力量

Dream is powerful, no matter what it is.

幸运总会光临那些永不放弃的人，在失败废墟上成功的人更伟大。

打开灵魂的盒子

事业的成功固然令人欣慰，可是我却觉得，

直面真实的自己，这才是真正值得骄傲的事情。

——阿加西

这个世界，所有人，都会经历共同的过程：在一条路上一直走，到顶点，然后，戛然而止，华丽转身，凋零萎谢，或者重新开始另一种生活。

2006年7月1日，对美国网球明星阿加西来说，是一个值得终生铭记的时刻。在那一天，这个有着21年网球生涯的美国男子，在温布尔登网球锦标赛男单的第3轮比赛的焦点战中，同西班牙新人王纳达尔狭路相逢，展开了一场生死较量。

阿加西最终不敌纳达尔，在出局的同时，也永远告别了温布尔登。"不老传奇"在掌声中离开了"网球圣地"，告别了他在14年前拿到大满贯冠军的地方，留给球迷们的是永恒的辉煌记忆。

战靴高挂之后的阿加西，与家人共享天伦之乐。爱妻格拉芙在阿加西退役后，又为他产下爱女杰姬。阿加西大部分时间交给了儿子杰登和女儿杰姬，同时，他开始投身慈善事业，在家乡拉斯维加斯开办了一所实验特许学校。学校为那些被忽视的孩子们提供设施和环境，到 2009 年，阿加西实验特许学校的第一个高中班已经在 6 月 12 日毕业，所有 34 人全部成功毕业。

回顾世界网坛，鲜有哪个人能取得阿加西的成就。从 1986 年入职业赛场，到 2006 年，阿加西共斩获 60 个冠军头衔，其中 8 次夺得大满贯赛单打冠军，是网球历史上五位四大满贯赛均问鼎过的男子单打选手之一。

亦是因为这样的战绩，即便退役沉寂三年，阿加西这个名字还是被越来越多的人当成一个盛典来崇拜。那些深爱着他的球迷，甚至还在无数华丽的梦中再次邂逅这个金牛座男人的温柔眼神和飘逸金发。优美的传奇华丽转身，不老的传说白璧无瑕。阿加西这个名字，在网坛史册中几乎修成了金刚不坏之身。

然而，出乎所有人的意料，2009 年 11 月，阿加西却公然为自己摘下了神圣的光环，他自费出版自传《OPEN》，不仅将自己过去的秘密公之于世，还异常坦率地表达了对不少圈内人士的看法，其中不乏批评讽刺之语。

那些秘密包括 1997 年他曾吸食冰毒，为躲避禁赛竟向 ATP（国际男子职业网球协会）撒谎。不仅如此，阿加西还爆料说自己曾在与张德培的澳网比赛中打过假球。就在所有球迷都被雷倒的同时，阿加西自我解剖的刀子再次锋利地刺下去，这位天王级的网球明星自曝，自己本就一点儿都不喜欢网球事业，之所以取得今天的成绩，是因为曾任拳击手的父亲一直对自己暴力逼迫。

更令人大跌眼镜的是，阿加西还透露，那头令无数球迷挚爱不已的金色长发，竟然是假发。阿加西自称和家族中的其他兄弟一样，从 17 岁就开始秃顶。为了维持长发飘飘的假象，他在球场上甚至不敢发力奔跑，因为总担心着那只浓密的金发套会"随风而逝"。

面对敞开心扉的阿加西，全世界的网球迷都傻了。传统习惯思维中，当我们把一个人尊奉到"神"的高度时，这尊"神"就不应该再有任何的污点和瑕疵。可是疯狂的阿加西却在功成名就的华丽转身之后，忽然恶作剧般打开了另外一个真实的世界。这样的事实，着实令那些有着精神洁癖的球迷难以接受。

已经尘埃落定的英雄，何必自讨苦吃？

阿加西的解释再简单不过。他说："回首往事，事业的成功固然令人欣慰，可是我却觉得，直面真实的自己，这才是真正值得骄傲的事情。如果说网球明星的桂冠是一丛艳丽的花，那么澄澈的灵魂就是生命中不可或缺的溪流。我不愿意为了一朵花的芳美放弃溪流的明净，正如我不愿意为了成全网球小子的神话而放弃做一个勇敢的人。"

他坦然面对大众，说出了自己内心真正的独白："这本书只是呈现一个真实的我而不是讲述一个榜样。我曾经历过很痛苦的日子，犯过很多错误，但对我的生活、对我的生活方式感到自豪。"

负责《OPEN》发行的发行商指出，愤世嫉俗的人或许会认为公开这些秘密简直愚蠢至极。而事实上，阿加西所追求的不过是一次自我升华罢了。因为他的内心深处始终渴望能够做一些自己所爱的事情，这才是他的信仰。

在《OPEN》的签售仪式上，阿加西再次热泪盈眶，那些挚爱他的球迷，并没有因为秘密的公开而对他有任何的反感。相反，他们一致认为，诚实的阿加西不仅球技精湛，同时，他还是一个勇敢面对自己内心的真正男子汉。他们选择继续爱这个也许并不那么完美的男人，因为，在这样不完美的偶像身上，他们看到了一个鲜活生命的纯真魅力。

现在，阿加西的头发已经彻底掉光，可是他的眼睛却更加清澈，他用自曝的方式告诉那些迷途中的人。黑暗、错误以及屈服，其实是所有人都会经历的沼泽，只要我们始终坚持正确的方向，光明和希望，就会在不远的前方。

文/琴台

梦想再微小，也会有力量

Dream is powerful, no matter what it is.

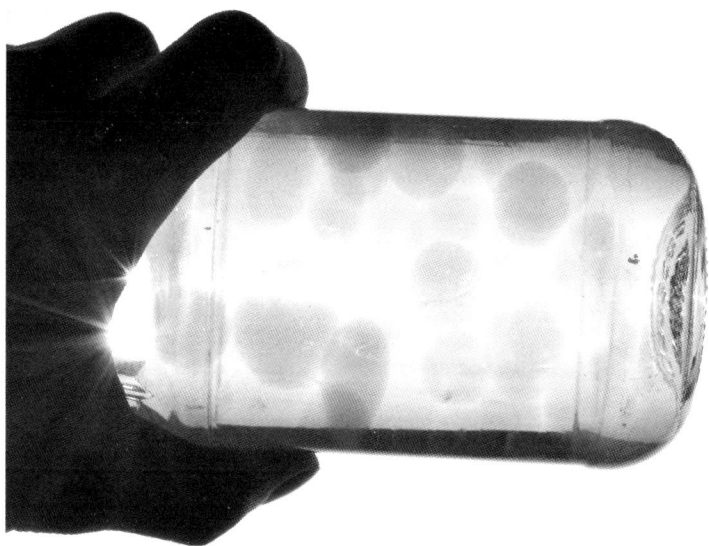

总有一些东西，会穿越岁月，亘古不变，让我们始终保持内心的坚守。

把不可能变成可能

> 在一个聪明人满街乱窜的年代，稀缺的恰恰不是聪明，
> 而是一心一意，孤注一掷，一条心，一根筋。
>
> ——马云

1931 年，杰姆斯出生于美国西雅图。在他居住的地方有两个大型矿藏，每天，进进出出的车辆总是排成两条长龙。在他的记忆里，堵车，那似乎早已是司空见惯的事情。

堵车不仅给村民带来了很多不便，甚至还有人为此付出了生命的代价。一次，杰姆斯一个亲戚得了急性阑尾炎，就是因为前方发生交通事故堵车，而后面车辆又无法倒退，车辆无法及时掉头，从而延误了最佳的抢救时机，惨痛地失去了生命。

看着他们一家人哭作一团，杰姆斯暗暗发誓，自己一定要设计出一款不怕拥堵，可以原地掉头的汽车。

说到做到，他不顾家人的反对，迅速成立了一个工作室，开

始着手研究汽车的原地转弯和掉头问题。首先，他查阅了网上的资料，得知，在邻国有一款汽车，可以四轮同时转弯。经过网上资料的查询和图案的比对，他对该技术进行了多次改良和实验。

最终他发现，这种技术只是能有效缩短转弯半径，而仅仅靠汽车四个轮胎的转动根本实现不了原地掉头。接下来他又设计了前后双方向盘双发动机操作，但因涉及本国驾驶法规和人力、资金等问题，他不得不重新考虑。

数百个日子，杰姆斯不断地提出设想，但很快这些设想又被自己一一否定。眼看着家中的积蓄日益减少，连父母和妻子也劝他不要徒劳了，这样下去，一家大小只能靠喝西北风度日了。

这一天，杰姆斯再一次垂头丧气地回到家里，他躺坐在沙发上，百无聊赖地看着5岁的女儿在玩着一辆电动小汽车，小汽车在他脚边开来开去，遇到障碍物，则灵巧地转回，看到这里，杰姆斯一把抓起小汽车，他突生灵感，为什么不能像玩具汽车那样，在中间搞一个支撑点，让汽车可以原地掉头呢？

第二天一早，他赶到了工作室，同事们闻听此事，无不说这个想法似乎过于简单。杰姆斯不这样想，他认为，简单就是节约，既然简单，也就很容易得到汽车生产企业的推广和认可，这也充分说明这项技术具有很大的可行性。

他在汽车底盘中间设计了一个大型的液压式千斤顶，这个液压千斤顶和汽车的挡位相连，只要把挡位推到转向挡，千斤顶会自行升起，足以托起整车的重量，一旦四个车轮离开地面后，整个车身在齿轮的带动下开始 360 度旋转。

在车辆旋转至合适的转弯角度时，只需把挡位推至空挡，千斤顶回缩，汽车开始缓缓下降，四轮着地，在一瞬间即可完成车辆任何角度的转弯或者掉头。

杰姆斯很快申请了自己这种原地转弯技术的全球专利。

这绝对不是漂移，也与驾驶技术无关。这是迄今为止，世界上首款可以实现零半径原地转弯的车辆。这是他公司的标语，也正因为此，他迅速赚了个钵满瓢盈。

一个千斤顶，再加上一个与之相连接的挡位，汽车便可以实现 180 度原地转弯，原来就是这么简单。长期以来，关于汽车原地转弯的问题之所以一直困扰着人们的思绪，就是因为很多人一直把这个简单的问题过于复杂化了。很多时候，正是人们认为的种种不可能，才让成功和自己擦身而去。

文/潘玲玲

让自己来录取自己

你有你的路，我有我的路。

至于适当、正确的路和唯一的路，这样的路并不存在。

——尼采

巴特比不幸遭遇了"黑色七月"，他接连申请了8所大学，不料全军覆没，颗粒无收。临近毕业的中学校园，仿佛大战前夜的城市，忽然兵荒马乱，再无往日的宁静。一纸大学录取通知书，把一个教室的同学们划分成了两个阵营，被录取的兴高采烈，落榜的则垂头丧气。几家欢喜几家愁，两手空空的巴特比心事重重，不知该如何向父母开口。

现实很残酷，却无法逃避，巴特比不得不把这个坏消息告诉父母。父亲大失所望，气得狠狠地训斥了他一顿，母亲连连唉声叹气，就连妹妹也开始瞧不起他。由于巴特比糟糕的成绩，全家人都感到脸上无光，尤其是父亲，在同事和亲友面前简直抬不起头。

巴特比灰心丧气，独自承受着巨大的压力，躲在家里度日如年。

几天后，巴特比忽然收到一封邮件，拆开一看，他从沙发上一跃而起，疯狂地大喊大叫："我被录取了！"那是一张梦寐以求的大学录取通知书，他意外地被南哈蒙理工学院录取了！

喜从天降，一家人都高兴坏了。虽然这所大学的名气很小，全家人以前从未听过，但毕竟是大学，父母脸上又有了笑容。开学这天，父亲亲自开车将巴特比送到学校，并见到了校长。虽然校园规模不大，看上去还略显破旧，学生也不是很多，但是个个朝气蓬勃，父亲满意地回去了。然而他做梦也想不到，眼前的这一切，竟是个骗局！

大学是假的，大学生是假的，就连校长也是赝品，所谓的"南哈蒙理工学院"，纯属虚构！这所雷人的山寨大学，正是巴特比的杰作。他无法忍受父母的脸色，于是找到班上另外几位落榜生商量对策，一伙相同命运的中学生聚在一起，忽然迸发出一个天才的创意——既然没有大学要我们，干脆自力更生，创办一所大学，自己录取自己。

他们精心伪造了大学录取通知书，煞有介事地建立了招生网站，还成功说服了一位同学的叔叔临时客串校长。不可思议的是，他们居然找到一处刚刚废弃的单位大院，粉刷一新，"南哈蒙理工学院"横空出世。开学这天，巴特比又在网上召集了大批学生前来助阵，居然成功骗过了父亲。

这是美国校园喜剧《录取通知书》中的情节，故事荒诞离奇，笑料百出。我很意外，这部电影为什么是美国人拍的，而不是中国人拍的？

韩寒读高中时，由于七门功课不及格，被迫休学。办理休学手续时，老师关切地问他，你不上大学，将来怎么养活自己呢？韩寒怯生生地答，稿费。办公室里所有老师都笑了，笑得意味深长，也许在老师们看来，只有大学才是通向成功的必经之路。

关于要不要上大学，巴特比与父亲曾有过激烈的辩论："大学每年的学费是2万美元，根据我在网上查到的统计资料，一个只有高中学历的人，一年可以挣2万美元，也就是说，在接下来的4年内，你可以选择让我消费8万美元，或者让我出去挣8万美元。"

巴特比极力想说服父亲，不要迷恋大学，大学只是个传说。父亲却勃然大怒道："这个社会有它的准则，第一条准则就是上大学。如果你想融入社会，如果你想拥有快乐而成功的人生，就必须上大学。"

父亲固执地认为，大学是人生唯一的出路，然而不幸的是，巴特比通往大学的路却总在施工中。走投无路，他终于爆发，以恶搞的方式发泄了心中的不满。最具讽刺意味的是，父亲亲自去实地考察，居然没有看出丝毫破绽，看到这里，你还笑得出来吗？

　　《录取通知书》这部电影是亲戚家的孩子向我推荐的，他说："我看了三遍，哭了三次。"他遭遇了巴特比同样的命运，由于高考失利，原本挺活泼的阳光少年，忽然变得沉默寡言，多愁善感。

　　我鼓励他继续努力，不要轻易放弃，但是我还想说，大学不是人生的全部，仅仅是一个起点。如果说人生是一场马拉松，也许你会发现，起跑时冲在最前面的，往往不是冠军——谁都有机会。

　　有必要补充，那所山寨大学的校址，其实是个废弃的精神病院。

文/罗峰

品格高于战绩

> 品格可能在重大的时刻中表现出来，
> 但它却是在无关重要的时刻形成的。
>
> ——菲利普斯·布鲁克斯

波斯帝国的大流士一世和马其顿国王亚历山大一世在伊萨斯大战，大流士一败涂地、落荒而逃。

一个忠实的内侍不辞千辛万苦找到了大流士。大流士一看到忠实的内侍，首先问自己的母亲、妻子和孩子们是否活着？内侍回答说，他们都还活着，而且他们受到的殷勤礼遇跟大流士在位时一模一样。

大流士听完之后，又问自己的妻子是否仍忠贞？回答仍是肯定的。于是，大流士又问亚历山大是否曾对自己的妻子强施无礼？这位内侍先发了誓，随后说："大王陛下，您的王后跟离开您的时候一样。亚历山大是最高尚的人，最能控制自己的人。"

大流士听了这话，举起双手，对着苍天祈祷说："啊！宙斯神！您掌握着人世间帝王的兴衰大事。既然您把波斯和米地亚的主权交给了我，我祈求您，如果可能，就保佑这个主权天长地久。但是如果我不能继续在亚洲称王了，我祈求您千万别把这个主权交给别人，只交给亚历山大，因为他的行为高尚无比，对敌人也不例外。"

看来，使大流士能够情愿交出王权的原因，主要的并不是亚历山大以力服人的战绩，而是亚历山大以德服人的品格。

还有一个品格高于战绩的故事，它真实地发生在两个奥运健儿身上，足令世人感动。

捷克的艾米尔·萨托柏克从小善跑，长大后终于成为一名出色的长跑运动员。在多次参加的奥运赛事中，他结识了来自澳洲的另一位长跑运动员——维恩·克拉克。共同的理想和追求，使他们很快建立起深厚的友谊。

萨托柏克的年龄比克拉克略大，名声也比克拉克要响，曾在两届奥运比赛中，有过连夺5枚奖牌的佳绩。其中有4枚金牌，1枚银牌。萨托柏克成为国际体坛上冉冉升起的一颗耀眼明星，但是他从来都不居功自傲。

而克拉克却没有这般幸运，尽管打破过17项世界长跑纪录，可从未得到过一枚奥运金牌。为此，克拉克一方面常常心怀遗憾，另一方面又一直努力不懈。

又逢东京奥运会开幕，各国运动健儿相聚在五环旗下。在参加1万米长跑时，萨托柏克与克拉克再次交手，两人展开激烈的追逐。然而，天不遂愿，克拉克还是没得到这枚金牌。

赛事结束后，克拉克去看望萨托柏克，受到了极其热情的接待。临别的前夕，萨托柏克郑重其事地交给克拉克一个精美的包裹，并认真地嘱咐他：在登上飞机之前，千万不要打开它。

克拉克感到迷惑，但还是点头应允。

当波音客机飞越太平洋上空的时候，克拉克悄然打开了那个精美的包裹。令他惊喜不已的是，里面竟是一枚多年来梦寐以求的金光闪闪的奥运金牌。金牌下放着一页信笺，萨托柏克在信笺上写道：

"亲爱的克拉克，感谢你这么多年来一直伴我驰骋赛场，可你知道吗？正是因为你这种屡败不馁的精神激励着我，它让我时刻明白：无论在什么时候，都要戒骄戒躁，勇往直前。因此，我的成绩也有你的血汗，我的荣誉也就是你的荣誉。今天赠你这枚金牌，它应该属于你，请接受我诚挚的情意……"

此后，这枚金牌成了克拉克的非同寻常的珍藏品，始终陪伴在他身旁。

这个的故事也很快传颂开来，成为流传世界体坛的一段佳话。人们无不夸赞萨托柏克是一位真正的奥运健儿，是一位比只夺得奥运金牌更加高尚与辉煌的奥运健儿。

　　才者德之资，德者才之帅。品格主要体现高尚的道德，战绩主要体现卓越的才能。高尚的道德和卓越的才能，两者缺一不可。但是，品格往往高于战绩。

　　品格往往高于战绩，因为使人高贵的主要标志，是品格，而不是战绩。战绩辉煌而品格低下者，不为贵；地位低下而品格高尚者，不为贱。

　　品格往往高于战绩，因为使人心悦诚服的主要力量，是品格，而不是战绩。

　　品格往往高于战绩，因为使人争相传颂的主要事迹，是品格，而不是战绩。

　　品格往往高于战绩，因为品格比战绩流传得更加久远，更加是人们心中的不朽丰碑。

文/于光

梦想再微小，也会有力量

DREAM IS POWERFUL, NO MATTER WHAT IT IS.

chapter4

FOUR
世界对你不温柔，
但你可以选择成长与自由

~~~~~~~~~~~~~~~~~~~~~~~~~~~~~~~

适当倔强一些，骄傲一些，肆意地笑，坚强地活。
世界本来就既不温柔也不正确，在被虐中选择成长
与自由，才是正确的打开方式。

通往良知的唯一道路

丧失了良知的才智比没有才智更糟。

——爱·扬格

风雪弥漫着北回归线，索尔仁尼琴要被迫离开自己的祖国，这位秉持博爱情怀和人道主义精神的诺贝尔文学奖获得者，本可以声名鹊起，在国内享受大师的待遇。然而，漫天的风雪冰封不了苏醒的良知，索尔仁尼琴在给朋友写的长信中，抨击了前苏联政府的制度。从此，关押、批判和流放伴随着他的后半生。

1974 年，索尔仁尼琴在妻子的陪伴下流亡西方。51 岁的索尔仁尼琴刀刻般的脸上，没有忧郁和悲伤，只有悲悯和深邃。

我看到过索尔仁尼琴离开祖国时的照片，眼镜后面，索尔仁尼琴目光灼灼，有力的手，坚定地握住一个小小的笔记本，笔记本贴在胸前，显示出这位俄罗斯最富有良知的作家罕见的意志和决心。

如果他让良知冬眠，厄运不会如影相随，然而这样会让一个有良知的作家灵魂无法安妥。不知道，那小小的笔记本里记录的是什么，他把它紧紧地贴在胸前。或许，一本笔记本里就写了"良知"两个字，这是他捍卫的目标，又是他心灵的强大支撑。

女摄影家蒂肯·肖伯利二战期间已功成名就。越战爆发后，良知让她不安，她要用镜头提供给世界一个真实的战争。47岁的蒂肯到了西贡（今越南胡志明市），和部队一起行进。亚热带酷热的天气、单调的食物和长时间的疲惫行军，几乎让人崩溃。

蒂肯之所以忍受这一切，是想告诉这个世界一个真相。她把镜头当作士兵的枪口来瞄准，一点点击穿了美国政府那些舆论宣传既成定论的腔调。然而，1965年10月4日清晨，一颗地雷结束了她的生命，她最后说的一句话是："我猜到有什么事要爆发了。"

看着躺在血泊中的肖伯利的照片，我抑制不住自己的热泪，因为我看见了她的珍珠耳环和帽檐上刚刚采集的野花。她对生命的爱，并不比谁逊色。然而，当她想到，战争中成千上万灰飞烟灭的无辜生命，她又把自我内心的良知看得高于自己的生命。

没有一个人比塞姆克利丝更为绝望，这位患了艾滋病的南非妇女已求生无门。

艾滋病是人类所面临的最可怕的疾病，在非洲已夺去了成千上万人的生命，同时成千上万的人处在病症的折磨中，还有成千上万的人正遭遇病魔的威胁，更有成千上万的人对艾滋病的接触和传播过程并不了解。而社会舆论尚停留在对艾滋病人不遗余力地进行道德谴责的阶段。

然而，塞姆克利丝，这位普通的南非妇女站了出来，出人意料地公布了她自己患艾滋病的病情，她的良知告诉她，不再把艾滋病当成隐私，这样做唯一的理由是，这样对公众有好处，可以教育和挽救她的同胞。

形销骨立的塞姆克利丝坐在沙发上，眼神流露出忧伤和渴望，身边坐着她健康顽皮的儿子，她让摄影师给她照了张相，一个月后，病魔夺去了她美丽的生命。疾病侵蚀了她的肉体，然而，她始终保有健康的心，她的心灵有一块圣洁之地，圣洁之地安放着"良知"两个字，连魔鬼也无法夺去。

……

漫长冬夜，寒风吹彻，读着这些名字和故事，独处冰冷的书房，我的内心感到了希望和温暖，犹如黑暗的夜空，看见了彗星划过的光亮。

良知站立在中间，无论向左向右，只要想背离良知，都能轻易找到理由。

因循习俗，依附制度，遵从惯性，阿谀大众，附和媒体，这一切都简单易行，既可以自保，又可以获取优待。然而，那不是内心真正的声音在说话，往往会游离于事实的表象，偏离了通往良知的道路。

如果甘于混迹世俗，听凭众声喧哗，行进于寻找真知的漫漫征途的人，又如何能凭借良知引领大众？

我的心里，珍藏着这些名字。暗夜中这些闪亮的名字，让我们看到了光明的所在，他们像永恒的北斗，给我们永恒的昭示。

唯当心存慈爱和悲悯，唯当舍弃坦途偏向荆棘，唯当不惜勇毅不惧牺牲，在险象环生而又需要真相时，能像荆棘鸟一样，将那锋利的刺，镇定地刺向内心，唯当如此，才能找到通往良知的唯一道路。

文/查一路

把苦难捆绑到一块

细计较起来，让人英雄的不是苦难，而是对苦难的担当，
是战胜苦难，是虽经了苦难仍腰杆挺直，甚至乐在
其中。

——陈嘉映

在那次关于矿难的采访中，我接触到一位被双重苦难击中的
中年妇女：她同时失去了丈夫和年仅 18 岁的儿子，在一夜之间变
成孤身一人。一个家庭硬生生地被死亡撕开两半，一半在阳光下，
一半在尘土里。

两个鲜活的生命去了，留下一个滴着血的灵魂。悲伤让她的
头发短短几天就全白了，像过早降临的雪。

一个人的头发可以重新被染成黑色，但是，堆积在一个人心
上的雪，还能融化吗？

　　那声沉闷的巨响成了她的噩梦，时常在夜里惊醒她。她变得精神恍惚，时刻能感觉到丈夫和儿子在低声呼唤着她。

　　这次矿难中，同样不幸的人还有很多：一个刚满八岁的孩子，父亲在井下遇难，而母亲在上面开绞车，也没能幸免于难，强大的冲击波将地面上的绞车房震塌了，母亲在被送往医院的途中离开人世……

　　在她的病房里，我们不敢轻易提起这场噩梦。这使我们左右为难，主编给我们的采访任务是关注遇难职工家属的生活，可是我们真的不忍心再掀开她的伤口，那颗苦难的心灵，简直就是一座随时都有可能爆发悲伤的火山。

　　我们沉默着，找不到可以安慰她的办法，语言在那里显得是那样苍白无力，就像一个蹩脚的画家面对美景时的束手无策。

　　由于过分悲伤，她整个人都有些脱形了。但最后还是她打破了沉寂，在得知了我们的来意后，她说，活着的人总是要继续活下去的，但愿以后不会再有矿难发生，不会再有这样的一幕幕生离死别的悲剧。

　　我在笔记本上收集着那些苦难，那真是一份苦差事。每记下一笔，都仿佛是在用刀子剜了一下她的心。那一刻，我的笔滴下的不是墨水，而是一滴滴血和一滴滴泪。

　　在我问及关于以后生活方面的问题时，她做出了一个让我们意想不到的决定，她要收养那个失去父母的八岁孩子。

"我不能再哭了，我要攒点儿力气，明天还要生活啊……"在她那里，我听到了足以震撼我一生的话："我没了丈夫和孩子，他没了父母，那就把我们两个人的苦难绑到一块儿吧，这样总好过一个人去承担啊！"

把两个人的苦难捆绑到一块儿，那是她应对苦难的办法。厄运降临，她没有屈服，她在这场苦难中懂得了一个道理：那些逝去的生命，只会让活着的人更加珍惜生命。

短短几天的采访行程结束了，临走的时候，我去了她的家。我看到她把院子收拾得干干净净，几盆鲜花正在那里无拘无束地怒放，丝毫不去理会尘世间发生的一切。那个失去父母的孤儿正在院子里和一只小狗快乐地玩耍。我如释重负般松了一口气，抬头看到，房顶的炊烟又袅袅地飘起来了，那在生命的绝境中升起的炊烟啊，像一根热爱生命的绳子，在努力将绝境中的人们往阳光的方向牵引，虽然纤弱，但顽强不息。

我知道，在以后的生命中，无论身处怎样的困境，我都会坚强地站立，因为我知道，曾经有一个人，用她朴实的生命诠释了她的苦难：

把两个人的苦难捆绑到一块儿，苦难便消解了一半。

文/朱成玉

贫困不是贪婪的理由

因尊严，万事万物才默然自主，悄然而立；
因自立，琳琅世界才有迹可循，有序可寻。

——余秋雨

她只是个普通的农家女孩。

她在高中考出了 683 分的好成绩，超出重点大学录取分数线近 100 分。喜讯传来，一家人却陷入愁云惨雾之中：女孩一家 5 口，奶奶年事已高，母亲体弱多病，弟弟正上初中，全家的生活重担都压在父亲身上。

父亲已经年过五旬，照顾几亩薄地，农闲时去附近煤矿挖煤，每天上午 7 点半下矿，工作到下午 4 点半才能出来吃饭，可即便如此，每月也只有几百元的微薄收入。为了供两个孩子读书，家里早已债台高筑，面对高额学费，如何去筹？

当地媒体报道了女孩面临的窘境，引起了著名音乐人高晓松的关注。他决定资助女孩，并很快联系上她，在电话里郑重承诺："我在电视上看到了你的情况，决定资助你。"善良的他怕伤害女孩的自尊，特意又补充了一句："不是因为你贫困，而是因为你有才华。"

这对一筹莫展的李家而言，无异于喜从天降，女孩连声道谢。最后两人互相约定，女孩一旦拿到录取通知书就马上通知，他会把学费汇过去。

半个月后，女孩致电高晓松的秘书："请转告高叔叔，我被浙江大学录取了。"当高晓松第二天准备汇款时，那女孩又打电话来了："高叔叔，非常感谢您的好意，可是我不能接受您的资助了。两天前，一位好心的伯伯已经资助了我大学四年的学费。昨天给您打电话，是因为我答应过您，被录取后一定要通知您。"

当时高晓松非常惊讶，也被女孩的诚实深深打动。他仍然想帮助她，于是说："我知道杭州的物价很高，既然有人帮你出了学费，那我就负担你4年的生活费吧，每月500，你看怎么样？"

"谢谢您！不过，我的生活费那位伯伯也资助了。希望您——能帮助别的比我更需要帮助的孩子。"女孩真诚地说。

其实，女孩完全可以接受第二笔资助，也没有人会去查证。这笔钱，可以还债，可以让父母家人过得宽裕一点儿，可以给弟弟买一个新书包，可以让自己的大学生活滋润一点儿，可是她不假思索地放弃了，选择了诚信和善良，再次让高晓松感到震撼。

　　这位内心富有的贫家女孩名叫李小萍，家在四川内江市的农村。

　　此事传出之后，引发了一场不小的争议。很多人为她的所作所为感动，由衷地敬佩；也有人说她傻，以她的境况，同时接受两笔捐助也不违背情理……

　　面对褒扬与质疑，李小萍依然平静，解释说：我觉得诚信和自立是自己的责任，虽然我暂时贫困，可是我没有任何理由逃避这种责任。

　　一位普通的中学生，简单的一句话，会令多少人感到汗颜？

　　　　　　　　　　　　　　　　　　　　　　　　　　文/罗峰

将荆棘开成花朵

我们的欢乐，是母亲脸上的微笑。

我们的痛苦，是母亲眼里深深的忧伤。

我们可以走得很远很远，却总也走不出母亲心灵的
广场。

——汪国真

"就命运而言，休论公道。"这九个字放在史铁生身上，是那样令人心酸的契合。

他的人生荆棘丛生，举步维艰：17岁插队去了陕西一个极偏僻的小山村，一次在山沟里放牛突遇大雨，遍身被淋透后开始发高烧，后来双腿不能走路，运回北京后被诊断为"多发性硬化症"，致使双腿永久高位瘫痪，20岁便开始了他轮椅上的人生。这还不是全部，后遗症导致眼睛复视，脊髓功能的损害导致小便反流，使肾功能受到严重损害，泌尿系统感染导致败血症……唯一值得

庆幸的是经过及时治疗，视力得到恢复。

史铁生与各种病痛周旋 30 多年。十多年前肾病加重，必须频繁地做肾透析才能维持生命，每个星期就需透析 5 次。只有中间不做透析的两天的上午可以做一点儿事。即使这样，他也没有停止写作。

这期间的痛苦，不亲身经历的人无法体会，但史铁生仍然淡淡地笑对生活。有人可能会说他"坚强，有钢铁一般的意志"，可是，如果通读他的文字，会发现，真正让他直面身心的苦痛，让他将荆棘开成花朵的，是对母亲的那一份承诺："和妹妹在一起，好好活……"。

在最生龙活虎、最狂妄的 20 岁青春年华里，突然没了双腿，成了一个找不到工作，找不到去路，几乎什么都找不到了的"废人"，这几乎挑战了一个人的最高理智极限。史铁生也是。

他的脾气变得阴郁无比且暴怒无常，为了避免戳到孩子的痛处，母亲连说话都小心翼翼，极力避免"跑""跳""踩"这些字眼。他有时会突然狂暴地捶击自己，喊着："我活着还有什么劲儿！"母亲扑过去抓住他的手，"咱娘儿俩在一块儿，好好活，好好活……"，事实上，这个时候母亲的肝病已相当严重，常疼得整宿整宿睡不了觉，可她将儿子瞒得紧紧的。

那年北海的菊花开了，母亲用央求的口气说和他一起去看看菊花，他居然很难得地答应了。母亲高兴得一会儿坐下，一会儿站起来，然后就出去做准备了。他怎么会想到，母亲这一出去就再也没回家。

突然大口吐血的母亲被送进医院，昏迷前她留恋的不是自己仅仅 49 岁的人生，而是挂心自己的孩子："我那个有病的儿子和我那未成年的女儿……"

母亲猝然离去之后，仿佛一记闷棍将史铁生敲醒——在他被命运击昏了头的时候，他一直以为自己是世上最不幸的一个人，其实孩子的不幸在母亲那里总是要加倍的，她积郁于肝，四十来岁便被肝病夺去生命。

被敲醒之后的史铁生，在又一个秋天里，由妹妹推去北海看菊花。淡雅高洁的菊花在秋风里开得泼泼洒洒，而他在人生的萧瑟秋风里为什么不能将生命之花也开得泼泼洒洒呢？他懂得了母亲临走前未说完的那半句话：他与妹妹俩人在一块儿，要好好儿活……

有一次，他与一个作家朋友聊天，问朋友，他写作的最初动机是什么？作家朋友说："为了我的母亲。为了让她骄傲！"也许有人会说，这位朋友的写作动机太低俗了吧，似乎与神圣的写作沾不上边儿，但朋友坦率地说，我那时就是想写出好文章来在报刊上发表，然后让母亲看着我的名字和文章印成铅字儿，让别人羡慕我的母亲。

这种坦率深深打动了史铁生。然而，当史铁生的头一篇作品发表的时候，当他的头一篇作品获奖的时候，他多么希望他的母亲还活着，看到儿子用纸笔在报刊上碰撞开了一条小路，至少她不用再为儿子担心，欣慰他找到自己生存下去的道路和希望。

忽然想起已故诗人海子的母亲说过的话，海子母亲说："海子上大学，参加工作，每次回来又回去，我每次送他都哭。"

可是这位瘦弱、苍老的母亲何曾想到，儿子去了之后，再也不回来了。真该捉住海子，指着他的鼻子问问他："你追求你高蹈的心灵，你喂马劈柴周游世界，你面朝大海你春暖花开，谁都管不着，你也谁都可以不管，但你唯一不能不管的就是你的母亲！"

当我们感觉找不到生活的意义时，当我们被生活的荆棘戳刺得满心疼痛时，不要就此沉沦。让我们再回首，看母亲的牵挂、微笑和眼神，在我们身后，一刻也不曾远走。那是煦暖的春风，让我们振作，让我们奋起，让我们将荆棘开成花朵，回报给母亲一个像春天一样明媚的人生。

文/钱灵芸

每个人都是上帝的孩子

> 我们都是上帝的孩子，他把我们寄养在尘世的父母
> 身边，
> 不是要我们抵触、抱怨、流泪，而是让我们学会感恩，
> 接纳彼此，真心相爱。
>
> ——梅玲

1987 年 3 月 30 日晚上，洛杉矶音乐中心的钱德勒大厅内灯火辉煌，座无虚席，人们期望已久的第 59 届奥斯卡金像奖颁奖仪式正在这里举行。在热情洋溢、激动人心的气氛中，仪式一步步地接近高潮——高潮终于到来了。

主持人宣布：玛莉·玛特琳在《失宠于上帝的孩子》中有出色的表演，获得最佳女主角奖。全场立刻爆发出经久不息的雷鸣般的掌声。一位漂亮的年轻女演员，一阵风似的快步走上领奖台，从上届影帝——最佳男主角奖获得者威廉·赫特手中接过奥斯卡

金像。

　　手里拿着金像的玛莉·玛特琳激动不已。她似乎有很多话要说，可是人们没有看到她嘴动，她又把手举了起来，可不是那种向人们挥手致意的姿势，眼尖的人已经看出她是向观众打手语，内行的人已经看明白了她的意思：说心里话，我没有准备发言。此时此刻，我要感谢电影艺术学院，感谢全体剧组同事……

　　原来，她是个不会说话的哑人。

　　玛莉·玛特琳不仅是一个哑人，还是一个聋人。在她出生18个月时，一次高烧夺去了她的听力和说话的能力。但这位聋哑女对生活充满了激情。她从小就喜欢表演，8岁时加入伊利诺伊州儿童剧院。9岁时就登台表演。她还能时常被邀请用手语扮演聋哑角色。她利用这些演出机会不断锻炼自己，提高演艺。

　　1985年，女导演兰达·海恩丝决定将舞台剧《失宠于上帝的孩子》拍成电影。可是为了物色女主角——萨拉的扮演者，她大费周折。她用了半年的时间在美国、英国、加拿大和瑞典寻找，但都没有找到中意的人。

　　最后，她在舞台剧《失宠于上帝的孩子》中发现饰演次要角色的玛莉·玛特琳的高超演技，立即决定起用她担任女主角。结果，在全片中没有一句台词的玛莉，全靠极富特色的眼神、表情和动作，成功地揭示了主人公自卑和不屈、消沉和奋斗的内心世界，表演惟妙惟肖，令人拍案叫绝，最终一举折桂，从而成为奥斯卡金像奖颁奖以来最年轻的最佳女主角奖获得者，成为美国电影史上第一个聋哑影后。

玛莉·玛特琳"说"："我的成功，对每个人，不管是正常人，还是残疾人，都是一种激励。"

是的，每个人都是上帝的孩子，都会受到上帝的宠爱，不管我们的身体条件如何，只要有一颗健全的心，全力以赴，锲而不舍，都会得到命运的垂青，成为生活的主角，赢得辉煌的未来。

文/崔鹤同

梦想再微小，也会有力量

Dream is powerful, no matter what it is.

不管全世界所有人怎么说，我都认为自己的感受才是正确的。

无论别人怎么看，我绝不打乱自己的节奏。

我就想开一场个人演唱会

我们要有最朴素的生活，与最遥远的梦想。

即使明日天寒地冻，路远马亡。

——七堇年

　　他是一个普通的农民，但他和其他的农民又不同。他的世界，除了广袤的土地、丰茂的果园、一群肥硕健壮的奶牛，还有歌——不是一般的流行歌，是意大利歌剧，是《图兰朵》。

　　他42岁才开始学习唱歌，凭着对音乐的痴迷和热爱，他唱到了中央电视台的《星光大道》，唱到了2009年的春节联欢晚会。如今，他的名字家喻户晓，这位来自大连旅顺56岁的农民，他叫刘仁喜。

　　唱歌是刘仁喜的梦想，但在那个连饭都吃不饱的时代，唱歌被人看作是旁门左道不务正业，为此，父亲甚至掰碎了他练习的笛子。梦想从此深埋。他老老实实做起了农民，学木匠、瓦匠、种果树、养奶牛，把日子过得风生水起。可是内心深处，梦想的种子却从不曾破灭，他跟着录音机练，对着奶牛唱，在他的带动下，弟弟被歌舞团聘为专业歌唱演员，而他自己，也终于借着春晚的舞台一夜成名。

那天，在《艺术人生》的现场，主持人问他："成名了，今后打算怎么发展？"他说："我就想开一场个人演唱会，录成碟，等下雨天不能干农活的时候，在家里放着自己看。影碟机一放，炕上一坐，喝点儿小酒，看看，多美……"

这是一个农民的梦想，朴实、自然、本真。他知道梦想有多美，所以这大半生里，一直在为这个梦想努力。终于，在没有了经济上的后顾之忧之后，他开始朝着自己的目标迈进。

他让我想起了电影《立春》里的王彩玲，在县城教音乐的她，虽然长得很丑，但有一副好嗓子。她唱意大利歌剧，那样唯美的声音，犹如天籁。

她的梦想，是唱到巴黎歌剧院。为了这个梦想，她一次次穿梭在北京和小城之间，用谎言装饰自己，拒绝世俗的婚姻……虽然梦想并没有实现，但对梦想的渴望却始终不曾泯灭。她心里仍然装着那个华美的梦：在灯光璀璨的舞台上，穿上美丽的演出服，音乐响起来，她的心在掌声雷动的歌剧院里飞翔……

那天，前楼的一位老太太来找我。她拿着一沓稿纸，虔诚得像个小学生："听他们说您是作家，能抽点儿时间帮我看看稿子吗？"她63岁了，之前是一家国营企业的会计，和数字打了30多年的交道。可她说，她的梦想是当个作家。年轻的时候为了生活，梦想被搁浅。直到退休后，她才开始正式学习写作。每天送孙女上了托儿所后，她就在家里写写画画，不会用电脑，就在纸上写。

我接过那摞稿纸，厚厚的，写得密密麻麻。她说："我就想有一本书，写着我的名字。在阳光灿烂的午后，沏一杯茶，坐在阳台上，闲闲地翻上几页……"

那一刻，我的心被她的梦想深深感动了。这个满头银发的老太太，令我肃然起敬。

生活如此平淡，日子按部就班。可总有一些东西，会穿越岁月，亘古不变，让我们始终保持内心的坚守——比如梦想。曾在一篇文章看到一句话：我有一个秘密，我知道人生有多美。对于他们，这句话也可以改成：我知道梦想有多美！

文/卫宣利

为了最后那团燃烧的火

梦想是注定孤独的旅行，

路上少不了质疑和嘲笑，但那又怎样？

哪怕遍体鳞伤，也要活得漂亮。

——陈欧

那年我 18 岁，因为失恋，将一瓶不知何名的药稀里糊涂地倒进肚子里。后来被医院抢救过来，便开始了长达两个月的住院生涯。

有一天临近傍晚的时候，我的病房里又住进来一个病人。她大约看到了我闷闷不乐，便主动跟我搭话，问我得了什么病。

"胃肠炎。"因为当时胃正好有些疼，便随口告诉她。

"那没关系，"她安慰我说，"再打几个点滴就可以出院了，你看我，弄不好就要拄一辈子的拐杖了，可我还不是整天高高兴兴的？"

这时我才仔细地看了看她敷着厚厚石膏的右脚和一张挂着微

笑的俊脸。

天色渐暗，夜色如潮水一般淹没阳光带给我的短暂的快乐。加上昨夜的一场大风将附近的供电设施吹断几处，我不禁愁容满面，抱怨起供电工人的懒惰来了。

"难道点着蜡烛不好吗？"看着在风的轻拂下舞动着的烛焰，她愉快地说，"把所有的窗子都打开吧。"

微弱的火焰忽明忽暗，就开始有蛾子飞进来了，绕着蜡烛飞个不停。它们显得有些盲目，东一下，西一下，不停地乱飞乱撞。她似乎看得非常认真，充满好奇地睁大双眼。

飞蛾们越来越多，渐渐把蜡烛围成了一个美丽的圈。

"快来看，"她向我喊道。我清清楚楚地看见了一只蛾子撞断了翅膀，无法再飞起来。可它依然颤动着残损的翅膀，艰难地向火焰中心扑去，火焰被扑灭了，屋子随即暗了下来。

再次点燃蜡烛的时候，我用双手小心翼翼地护着蜡烛，生怕再有那些可怜的小生命葬身"火海"。她却平静地说："没有用的，没有任何力量可以阻止它们扑向火焰。它们经过卵变成虫，再经过虫变成蛹，然后结成茧，再破茧而出变成飞蛾——你知道这一生的蜕变为了什么吗？就是为了那双可以带它们扑向火焰的翅膀，为了最后那团燃烧的火，这就是它们生存的姿态，静美地生，壮观地死……"

我仿佛在听着诗人的吟诵，想不到她把飞蛾的生命看得如此富有寓意。我曾经用一把把狰狞的苍蝇拍将它们拍得粉身碎骨，曾经用各种各样的电蚊香，喷雾式的"敌杀死"搞得它们无藏身之所。怎么就没想到在院子里为它们点上一小堆篝火，让它们尽情去拥抱火焰呢？

"是的，那样将是它们一生中最幸福的时刻。"她有些激动，而我似乎隐隐约约看到了躲藏在她眼眶里的泪水。

我松开双手，让火焰在屋子中心重新跳动起来。她说，人也像这蛾子一样，壮观美丽的不是一生，只是一生中的一个瞬间。晦暗的一生会因为一个瞬间的火光而光明灿烂，平凡的一生会因为一个瞬间的传奇而精彩……

我敢说，那一夜是我生命中最有意义的时刻，因为我懂得了她——一只美丽的飞蛾和她挚爱的火焰。

原来，她是一名出色的民族舞蹈演员，两个月前，医院检查她患有骨癌，建议她马上进行手术。可这时正有一台重大的演出等着她，中国艺术家们将在维也纳金色大厅向全世界展现中国民族音乐与舞蹈的魅力。那是她心中深深向往着的圣地，她就像一只嗜火的飞蛾，而她前面正燃烧着一团最美丽最辉煌的火焰，她怎么能不扑上去？

医生警告她说，如果再不手术，这条腿就保不住了。而她还是义无反顾地选择了那场演出。演出获得巨大的成功，也是她艺术生命中的绝唱。在经久不息的掌声和堆满舞台的鲜花中间，没有人知道，一只美丽的天鹅将永远失去她的翅膀。

"我无怨无悔。"她说，"我把生命中最美丽的瞬间留下来了。如果命运让我重新选择一次的话，我还是会选择拥抱火焰。"

我从抽屉里找出所有的蜡烛，一一点上。

果然，我看见了越来越多的蛾子加入到这群狂欢者的队伍，携着平凡朴素的风，蛾子们尽情舞蹈着，用生命，用爱。我仿佛听到了它们幸福时刻的呻吟。因为几根小小的蜡烛，这个简陋的病房正在变成快乐的天堂。

几天后，我出院了，她对我的医治胜过任何一种药物。临走，我送给她一个精致的小盒子。

"太美了！"她打开盒子后惊呼道。那是一只雪白雪白的蛾子，是我等了好几个夜晚才等到的，它像一朵晶莹的茉莉花瓣，在那里默默地散着芳香。它没有蝴蝶的艳丽，没有蜻蜓的骄傲，但它有激情，有命运都为之颤抖的激情。

"就叫它'雪蛾'吧，你看它真的像雪一样白。我想，它一定是所有蛾子中最热爱火焰的。"她快乐地说。

"只可惜这种'雪蛾'太少见了。"我不无遗憾地说。

"不，它们会像雪花那样多，只要你每天开着窗子，只要你每天都在心里积聚着火焰。"

我紧紧握住了她的手，在心里一遍遍地对她，也对我自己说，雪蛾只是睡着了，雪蛾还会醒过来。

我在以后的岁月里等待，等待雪蛾飞进我的窗子，无论身处逆境还是苦旅，无论是忧伤着还是疼痛着。

我相信，只要有夏天，就会有这种充满激情的雪蛾，就像她说的，像雪花那样多。

是的，像雪花那样多。像雪花那样生生不息。

文/小榭飞花

我凭什么不快乐

> 我敬佩简单的快乐，
>
> 那是复杂的最后避难所。
>
> ——王尔德

大家都叫他"印度男孩"，但千万别臆想，他其实很大了，甚至有点儿老。

或许是因为他总表现得那么开心、那么幸福的原因吧，所有邻居都觉得他像个孩子。"喂，乐一个！"只要有人这么喊，他就会使劲儿地翻几个印度版筋斗。"掌声！"他嚷着要掌声。很多时候，大家还是会很给面子地鼓几下掌，然后，烟消云散，大家都去上班，留下他一个人傻傻地站在那里，当然，他的笑容丝毫没有缩水，因为他开心。

其实印度男孩也有自己的工作，虽然只是一个投递员，但他显然很满足，遇到上司、同事都能即兴乐一个。他的这种乐观的态度甚至在贝斯拉镇出了名，有很多市民主动打电话到邮局，要求以后让印度男孩为自家送报刊。

邮局当然不会同意这种非正当的要求，但印度男孩的名号确实火了，因为在某一天下午，著名的BBC（英国广播公司）邀请了他做节目。这本身就是一个大新闻，一个普普通通的印度男孩，就凭他活得不痛苦，便能和美女主持人坐在一起，对全英国的人海侃，凭什么？

这个问题根本就不需要回答，因为当天晚上播出的节目对那些鸣不平者而言，简直就是大快人心——主持人步步紧逼，丝毫不留情面："你凭什么觉得自己快乐？据我所知，你的工资远远低于英国平均水平，很多时候，你需要靠政府救济；你在英国没有亲人，更没有听说有哪个女孩子喜欢过你……你没有事业，也没有爱情，你能告诉我，你到底因为哪一点而开心，难道你不觉得自己应该痛苦一些吗？"

印度男孩被逼得一句话也说不出来。回到小镇的时候，很多人看到他耷拉着脑袋。是的，大家都在猜测，这下子他高兴不起来了，以往所有的快乐都只是假象，因为他没有发现痛苦所在，如今一切被揭开，所有点滴被拉扯出来，他便彻底失去了生活的快乐。可怜，邻居们用这两个字来形容被挫败的印度男孩。

"我凭什么高兴？我本就是这个世界痛苦的一部分。"这是那些日子里，印度男孩常常挂在嘴上的一句话。他告诉所有身边的朋友，自己要回印度，他要远离痛苦，寻找哪怕一丝丝的幸福感。没有人阻拦他，也没有人送他，那情景好像印度男孩本就不该在这里存在一样。

但是，谁又会想到，一个星期后，印度男孩又回来了，回到小镇，一脸快乐的样子。有人试探着叫，"乐一个！"印度男孩便迅速地表演了他的印度版筋斗，让在场的所有人再次发出感慨。

当BBC的美女主持人再次向印度男孩发难，却再也没了当初的锐气。因为印度男孩说得很坦率："我本来就来自印度最贫困的德卢卡村，从小便没有父母。我虽然没有发现哪个女孩子喜欢我，但我喜欢很多女孩。我本来什么都没有，如今能够做一份还不错的工作，为什么不快乐？又为什么不觉得幸福？我就应该做一个快乐幸福的男孩。"他强调，自己喜欢"印度男孩"这个称呼。

印度男孩的名字瞬间风靡整个英格兰。人们似乎慢慢体会到，这不是一个简单的命题，关于幸福，其中蕴含着太多生命的真谛。BBC引用了东方一首古老的诗来形容他："菩提本无树，明镜亦非台。本来无一物，何处惹尘埃？"

幸福或许真的不可说，唯有你忍不住要"乐一个"时，才会突然抓住那么一丝感觉。

文/粗糙王子

成人礼上的惊艳

有自信心的人，

可以化渺小为伟大，化平庸为神奇。

——萧伯纳

一个女孩最陶醉的时刻，便是给身边的人一场惊艳，不管那些人是男人还是女人，就像在这场成人礼晚会上，女孩们无不温婉风情，男人们无不尽显优雅，这样的晚会是创造机会的时间。

但机会并不是平等的，贵族出生的女孩们并不一定长得太好看，但一身身定制的华丽服装却可以完全将优点凸显出来，而更多普通家庭的女孩们则总是缺了点儿什么，即便很美丽，也不会让更多的人驻足停留。

为了这场舞会，凡妮莎想过很多，过了这个夜晚，自己便会成为一个不一样的女孩，而这种不一样，她希望有更多的内涵，出席晚会的有巴黎各界的名流，至少，她希望有些眼光能落在自己身上，不为别的，只为明天能够活得更自信些。

凡妮莎选择的晚礼服是加蒂诺尼，不过，真正的加蒂诺尼太贵了，她买不起，所以，她穿的是仿制品，即便是仿制品，也并不便宜。

"你觉得好看吗？"凡妮莎摆了一下腰，身边的同学瞅了一眼，似乎并不关心，不贵吧？是的，他们并没有等凡妮莎回答，便已走到另一边，一个出身贵族的女孩身边。问题是，那个女孩穿的服装和凡妮莎一模一样，不过，没有任何人怀疑她的穿着，更没有人想起，刚刚还看到凡妮莎身上同样的服装。

他们自然地认为，凡妮莎的晚礼服不那么好看，因为它一定不是专门设计的名牌，而贵族女孩身上的服装，他们不需要了解是什么牌子，也知道其一定价值不菲，创造惊艳的女孩不是凡妮莎，而是优雅的贵族女孩。他们的判断没有错，尽管他们并没有多看一眼。

但是，这并不影响凡妮莎的心情，因为她已早早地做好心理准备，今天是成人的时刻，她需要理智和宽容。所以，当音乐响起，她欢快地融进了舞池，与朋友、同学，还有那些被邀请过来的名流绅士共舞。

只有凡妮莎看到，在他们休息的时候，因为舞曲的热烈，大家都脱下了晚礼服，放在身边的衣架上，但当他们再次穿上衣服时，那位贵族女孩拿走了凡妮莎的晚礼服，留下了真正的加蒂诺尼在那里。凡妮莎大声喊了一声，但在音乐声中，对方没有听到，再次融入了人群。

凡妮莎轻轻穿上那套真正的加蒂诺尼，非常合身，她故意走近那群绅士和美女身边，"好看吗？"她摆了一下腰。

"挺好看的。"但他们只是应付，并没有觉得惊艳。而就在这个时候，贵族女孩也来到了身边，他们终于发现，她俩穿着一样的衣服。

"是半年前定制的加蒂诺尼，意大利最有名的设计师做的。"女孩骄傲地说。凡妮莎觉得很尴尬，匆忙解释，仿制品，不大贵。大家便都绅士地笑起来，很明显，凡妮莎的是仿制品，和真正定制的加蒂诺尼完全不一样的感觉，他们显得看穿了一切的样子。

凡妮莎悄悄告诉女孩，她们之间穿错了晚礼服，然后，悄悄地换了过来。离开晚会的时候，凡妮莎显得特别自信，她希望在成人的时刻，能够让这个世界惊艳，虽然她并没有做到，但却觉得特别庆幸，因为那一刻，她明白了成长的道路上，什么才是真正的惊艳。

编译/十九号师兄

再次看到这个世界的阳光

爱的力量没有对立面。

生命中除了爱之外，没有其他力量，

你在这世上看见的所有负面事物，都只是缺乏爱的

表现。

——朗达·拜恩

巴鲁卡是英国考文垂市的一位房地产商。1979 年，他的妻子玛莎生了个男孩，取名霍金斯。

2000 年 3 月 6 日，21 岁的霍金斯在驾车去田野写生时不幸遭遇了车祸。临去世之前，心地善良的霍金斯已说不出话来，但在父亲递给自己的纸条上写下了这样的遗言："爸爸妈妈，我爱你们！请帮我捐献眼角膜，让我的眼睛能再次看到这个世界的阳光！"遵照儿子的遗愿，巴鲁卡和玛莎夫妇将霍金斯的眼角膜捐献给了一家器官移植机构。

2000 年 12 月 17 日的深夜，一个蒙面歹徒闯进了考文垂市郊的一座加油站，不仅用匕首刺伤了两个工作人员，而且残忍地用枪重伤了一个巡逻至此的警察，同时还抢走了许多现金。警方破案有方，很快就将年仅 20 岁的凶手齐瓦特逮捕归案。

让人很难想到，善良人捐献的眼角膜竟然用到了罪犯的眼睛上。凶手齐瓦特于 2000 年 3 月做了眼角膜移植手术，而那眼角膜恰恰是霍金斯捐献的。

对此，霍金斯的父亲感到非常愤怒，立即给报社写信，强烈谴责那家器官移植机构。而器官移植机构的负责人则十分委屈地辩解说，医院没有义务去调查接受器官移植患者的个人品德，只能是按着患者的登记先后顺序来决定谁来接受移植。

蹲在临时羁押所里的齐瓦特，从看守递给他的报纸上得知，捐献眼角膜的霍金斯是一个非常优秀的青年——他被霍金斯的出众才华和热心帮助别人的种种事迹所感动。尽管他受到了良心的强烈谴责，但法律无情，2001 年 4 月 11 日，齐瓦特被判终身监禁。

有一天，巴鲁卡夫妇来到监狱探望齐瓦特。玛莎太太哽咽着说："我们是来看儿子的！因为，你的生命中有我儿子的一部分。如果你能够洗心革面，重新做人，我们可以原谅你。"而巴鲁卡先生将霍金斯临死前写的那张纸条递给齐瓦特看。

当齐瓦特读到"让我的眼睛能再次看到这个世界的阳光"时，

他泪如泉涌，并立下誓言："如果我死了，我愿意无偿捐献自己身上一切有用的器官，给那些需要它们的人，以此来偿还我欠下的血债。"但是，人们很难相信齐瓦特的誓言。

2001 年 8 月 5 日，警方用一辆警车将齐瓦特和几名重犯转移到另一所监狱，途中意外地发生了车祸。当齐瓦特爬出车厢时，看到 3 个重犯已控制了两名受重伤的警察，并用抢来的钥匙解开了手脚上的镣铐。

齐瓦特知道，自己无力强行制止他们继续犯罪的行为。于是，他急中生智，假意附和他们，用钥匙解开镣铐，然后出其不意地将警察掉在地上的自动步枪抢到手中，突然用枪口逼迫企图逃跑的重犯放弃罪恶的企图。在与 3 个重犯的拼死搏斗中，他击毙了其中的一个，却被另外两个刺伤了腹部。由于巡警的意外出现，才制服了罪犯，将受重伤的警察和齐瓦特送进医院抢救。

事后，许多媒体记者都要采访齐瓦特，但都被医院和警方拒绝了，因为他还没有脱离危险。记者几乎都想知道这样一个问题："齐瓦特为何不顾生命安危而与三个重犯进行拼死的搏斗？"

医院和警方决定将这个问题写在纸上，由护士转告齐瓦特。他看完之后，吃力地写下了下面的话："我在车祸现场见到了遍地的鲜血，不由自主地想到了将眼角膜捐献给我的霍金斯。我不能让霍金斯失望，不能让他看到的只是罪恶和黑暗。"

巴鲁卡夫妇从新闻中得知了齐瓦特的情况后，急匆匆地赶到医院探望。但是他们没有想到，齐瓦特已经永远地离开了他们。警方向他们详细地介绍了齐瓦特牺牲前后的表现，并转交了齐瓦特留给他们的信。那信中写到：

"我是一个孤儿，在这个世界上没有任何亲人。是爱的力量，是霍金斯的爱，是你们的爱，挽救了我这个罪犯的灵魂，改变了我这个罪犯的生命。我向你们提出一个请求：如果我死了，帮助我把自己身上的一切有用器官，无偿地献给那些需要它们的人……"

文/赵连起

上帝把你的灵魂装到了指尖上

向日葵告诉我，只要面对着阳光努力向上，

日子就会变得单纯而美好。

——几米

春天，阳光普照、鸟啭莺啼、百花盛开，每一处都是让人流连的花园，但这一切，和一个人无关——她是一个看不见任何东西的女孩，从出生的那一刻开始，上帝就在她和世界之间，关上了一扇重重的铁门。她在里面，阳光在外面。

她多想有一双机灵活泼的眼睛，闪烁着去捕捉一个个美好的镜头，然后拿到心头去冲洗、复印，再存放到人生的相簿里，慢慢回味。然而这一切，都只是永远无法实现的奢望。她没有看过这个世界一眼。

但是既然来到了这个世界，就不能总是背着身子哭泣。母亲说，虽然没有眼睛，你还有一双手，可以触摸世界。

是的，她有一双美丽修长的手。

母亲为她描述世界的样子，阳光、风、水、云朵、落叶……于是，她就把所有能触摸到的火热的事物，都称为阳光，把所有能触摸到的冰凉的事物，都称为水，当风从她的指缝间慢慢划过，她感受到了温柔的力量，她会沉醉，感叹世界的美好。

一只毛毛狗伏在她的脚下，她会说：哦，多可爱的云朵。

她握着手里厚厚的广告传单，说，这么多的落叶。

她微笑着，小心碰触着她的世界，缓缓地移动脚步。

人们说：这孩子的脸，像霞光一样灿烂。她便把霞光当成了世界上最美丽的事物，珍藏在心底。

她问母亲，霞光是什么？母亲说，是太阳开了花。

母亲领她去听过一场音乐会，在那里，她喜欢上了钢琴。于是母亲领她去见一个钢琴教师，那教师说，多好的一双手！天生就该用来抚摩琴键。

与钢琴的邂逅，让她的人生有了精彩的翅膀。当她碰到那琴键，便听到了那些音符蹦跳着跑出来，那一跃一跃的跳动，忽高忽低，像她澎湃的心。

她惊讶地发现，整个世界都在琴键上呢！天空、海洋、更迭的四季，包括那令人神往的霞光。

母亲卖掉了大房子，搬进新买来的小房子里。家徒四壁，空空荡荡，却多了一架钢琴。母亲把自己的生活拆得七零八落，却把世界完整地搬到了她的面前。

邻居们找上门来，说这嘈杂的琴声扰得他们无法休息。母亲不停地给邻居们赔着不是。她的心开始动摇了，她不想因为自己混乱的琴声扰了别人。而母亲对她说，上帝为每个人都安装了灵魂，那些灵魂分布在人身体的不同角落。你很特别，上帝把你的灵魂装到了指尖上，你的手指天生就该是用来弹琴的。

母亲挨家挨户地去解释，告诉他们，她是一个看不见世界的人，正在摸索着用琴声走路。邻居们的心便齐刷刷地都跟着软了。

她的琴声渐渐有了韵律，不再那样嘈杂，当那美妙的琴声响起，所有的人都知道，她又在和世界说话了。

有一天，母亲兴奋地对她说，邻居们在小区广场搭了个台子，想请她开一个演奏会。她不敢相信这个事实。那一夜，她无法安睡。飘荡在眼前的，都是幸福的花瓣和快乐的羽毛。

坐在钢琴旁，她像一个天使，脸上霞光灿烂。她优雅地弹琴，用她美丽的指尖指挥着那些快乐的音符，那些蹦蹦跳跳的音符马上变成了动听的旋律，盘旋在人们的耳畔。她惊讶自己的双手，如同附了神奇的魔力一般，在琴键上流畅自如，得心应手。

她想，母亲说的或许是对的，上帝把她的灵魂放到了手指的末端。透过琴声，她向世界撒着大把的鲜花。人们不停地拍手，潮水般的掌声将她摆渡到幸福的渡口。

母亲哭了，她终于为孩子找回了她的世界：阳光普照、鸟啭莺啼、百花盛开……

母亲拿着毛巾去擦拭她脸上的汗水时，她紧紧握住了母亲的手，对母亲说，她终于看到了霞光。

她说，霞光是自己的心开了花。

文/曾予

梦想再微小，也会有力量

DREAM IS POWERFUL, NO MATTER WHAT IT IS.

chapter5

FIVE
拼搏到无能为力，
尽力到感动自己

∽∽∽∽∽∽∽∽∽∽∽∽∽∽∽∽∽∽∽∽∽∽

没有拼搏到无能为力，不要说自己已经尽力。没有
努力到感动自己，只能说明努力得还不够。有时候
你以为的努力并不是真的尽力，只是在感伤自己。

尽力到竭尽全力

只有极其努力，

才能看起来毫不费力。

——刘同

在美国西雅图的一所著名教堂里，有一位德高望重的牧师——戴尔·泰勒。有一天，他向教会学校一个班的学生们讲了下面这个故事：

那年冬天，猎人带着猎狗去打猎。猎人一枪击中了一只兔子的后腿，受伤的兔子拼命地逃生，猎狗在其后穷追不舍。可是追了一阵子，兔子跑得越来越远了。猎狗知道实在是追不上了，只好悻悻地回到猎人身边。猎人气急败坏地说："你真没用，连一只受伤的兔子都追不到！"

猎狗听了很不服气地辩解道:"我已经尽力而为了呀!"

再说兔子带着枪伤成功地逃生回家了,兄弟们都围过来惊讶地问它:"那只猎狗很凶呀,你又带了伤,是怎么甩掉它的呢?"

兔子说:"它是尽力而为,我是竭尽全力呀!它没追上我,最多挨一顿骂,而我若不竭尽全力地跑,可就没命了呀!"

泰勒牧师讲完故事之后,又向全班郑重其事地承诺:谁要是能背出《圣经·马太福音》中第五章到第七章的全部内容,他就邀请谁去西雅图的"太空针"高塔餐厅参加免费聚餐会。

《圣经·马太福音》中第五章到第七章的全部内容有几万字,而且不押韵,要背诵其全文无疑有相当大的难度。尽管参加免费聚餐会是许多学生梦寐以求的事情,但是几乎所有的人都浅尝辄止,望而却步了。

几天后,班中一个11岁的男孩,胸有成竹地站在泰勒牧师的面前,按要求从头到尾地背诵下来。他背得那么好,竟然一字不漏,没出一点儿差错。他的背诵听起来那么美妙,简直就是声情并茂地朗诵。

泰勒牧师比别人更清楚,就是在成年的信徒中,能背诵这些篇幅的人也是罕见的,何况是一个孩子。泰勒牧师在赞叹男孩那惊人记忆力的同时，不禁好奇地问："这么长的文字，你是怎样背下来的？"

这个男孩不假思索地回答道："我竭尽全力。"

16年后，这个男孩成了世界著名软件公司的老板。他就是比尔·盖茨。

泰勒牧师讲的故事和比尔·盖茨的成功背诵对人很有启示：每个人都有极大的潜能。正如心理学家所指出的，一般人的潜能只开发了2%～8%，像爱因斯坦那样伟大的大科学家，也只开发了12%左右。一个人如果开发了50%的潜能，就可以背诵400本教科书，可以学完十几所大学的课程，还可以掌握二十来种不同国家的语言。这就是说，我们有90%的潜能还处于沉睡状态。谁要想出类拔萃、创造奇迹，仅仅做到尽力而为是远远不够的，特别是在关键时刻，还必须竭尽全力。

文/韩松平

梦想再微小，也会有力量

Dream is powerful, no matter what it is.

物换星移，该留下的都会留下，
有些人有些事，总会深藏在心底，
不会被时间抹去。

只要你开始做，什么时候都不晚

有人总说：已经晚了。实际上，现在就是最好的时光。

对于一个真正有所追求的人来说，生命的每个时期都是年轻的、及时的。

——摩西奶奶

马维尔是二十世纪最著名的记者之一。1864 年，美国南北战争结束时，在去帕特森的途中，他意外地遇到了林肯总统，并匆匆采访了他。

从那时起，马维尔就决心要采访到每一位与他同时代的世界名人，并且，不需任何翻译，他要和世界上的每一位名人自由对话。为实现自己的这个艰巨的人生愿望，马维尔自学了法语、德语、俄语等，并且和许多国家的名人做了面对面的交谈和采访，发表了一大批举世瞩目的新闻作品。

1918 年，马维尔已经七十二岁了，但他决定要远渡重洋，到中国来采访当时的中国领袖孙中山先生。从做出了这个决定的那一天起，马维尔就开始学习他一点儿都不懂的汉语。许多亲戚和朋友劝他说："汉语很难学，许多年轻人都不容易学会，何况你这个已经七十多岁的老头儿呢？"

但马维尔说："尽管我七十二岁了，但现在开始学汉语，也还不算晚，我相信有一天，我会用汉语同中国的孙中山先生直接交谈的！"谁也劝阻不住这个又瘦又高的固执老头儿，都叹息着对他摇摇头耸耸肩走了。要用汉语采访中国的孙中山，这或许将是这位固执的七十二岁老翁一个永远不能实现的人生梦想吧？至少在当时，许多美国人都这样想。

为了实现自己的这个人生愿望，马维尔开始拄着拐杖频频出入于纽约的唐人街，他向做生意的华人学，向中国驻纽约领事馆的领事学，甚至向一些街头流浪的底层华人学，从简单的礼仪用语，到高深的中国诗词，历时三年多，这个原本对汉语一窍不通的美国七旬老翁，已经可以用流利的汉语同唐人街上的华人讨价还价了。

1922 年，已经七十六岁的老翁马维尔搭乘远洋轮船终于向中国进发了。在广州，他见到了孙中山，孙中山征询他说："马维尔先生，我们用英语交谈可以吗？"但马维尔却说："不，我们用贵国的汉语直接交谈！"那天，马维尔一句英文也没有说，他用准确流利的地道汉语采访了孙中山，并和孙中山先生做了促膝长谈。

　　有记者问马维尔说:"你七十二岁了才开始学汉语,你感觉是不是有些晚?"老态龙钟的马维尔朗声回答说:"晚?只要你开始做,什么时候都不算晚!"

　　人生没有"晚",只要你开始做,什么时候都不算晚。

文/欧阳.墨君

你就是自己的奇迹

没有人生来就是勇敢的，勇敢并不是不害怕，
而是要假装勇敢，并学会克服恐惧。

——纳尔逊·曼德拉

他是个阳光帅气的小伙子，一头飘逸的长发，再加上一副墨镜，给人的第一印象总是酷酷的。从中医学院毕业后，他开了一家私人诊所，专门给病人推拿。他不仅医术精湛，而且生性乐观，爱好广泛，利用业余时间，他曾和朋友们组建了一支摇滚乐队，他担任吉他手。

有一天，有个摄影家因患腰椎间盘突出症，久治不愈，慕名找到了他的诊所。一来二去，他和摄影家成了好朋友，两人无话不谈。摄影家说，你有这么多爱好，要不我教你摄影，敢不敢玩儿？他说，当然可以，有什么不敢玩儿的。

第二天，摄影家就带来了一部海鸥牌单镜头反光照相机，很

专业的那种。他心里有点儿发虚，昨天一句玩笑话，没想到摄影家竟当真了，盛情难却，他只好硬着头皮学起了摄影。

长这么大，他从没摸过照相机，一切都得从零开始。摄影家很有耐心，一点儿一点儿地教他，快门、光圈、对焦、运用光线……他第一次拍完了整卷的胶卷，结果只冲印出来 19 张，但他欣喜若狂，因为摄影家说过，36 张胶卷只要他能冲出 8 张就算满分。

摄影家的腰疾渐渐好转，一有时间就带着他去户外采风。他的悟性极高，摄影技艺与日俱增。在一次摄影比赛中，他拍的作品获得了优秀奖，在摄影家看来，他简直就是一个伟大的奇迹！

也许有人不以为然，不就是摄影拿了个小奖，有什么好稀奇的？可是，如果我告诉你，他是个盲人，你会做何感想？恐怕绝大多数人的第一反应就是"不可能"。千真万确，他叫谈力，8 岁时因为一次意外事故双目失明，现在他已经是扬州摄影家协会会员。

熟悉照相机的人都知道，光圈和快门转盘都是一格一格转动的，手感明显，难不倒盲人。对焦有点儿麻烦，因为对焦环是无极旋转的，光凭触觉很难把握，但是谈力有办法，他在对焦环上刻了一个标记,然后在相机的固定部位再刻一个标记，作为参照点，问题自然迎刃而解。

退一步讲，即使对焦不准也关系不大，摄影记者经常要抓拍突发事件，根本就来不及对焦，补救的办法通常是采取"小光圈，大景深"，这样照片就不会模糊，这也是盲人摄影的一个有利条件。

网上流传着一张谈力的得意之作，照片上是他活泼可爱的女儿，昂着小脑袋，嘴巴张得大大的，灿烂的笑容惹人忌妒，天真、顽皮、欢乐呼之欲出，无论构图还是用光，其水准不逊于正常人。

他是怎么做到的？在室外，他能感觉到阳光从哪边照射过来，然后叫女儿侧着对光线站立，此时他又凭着声音来源确定女儿的方位，揣摩她的表情，适时地按下快门。就这么简单！

由此看来，盲人摄影的确不是神话。可是，依然有不少人质疑谈力。他们无论如何不敢相信，那些优秀的摄影作品会出自盲人之手。谈力反倒坦然处之，"有人怀疑并不奇怪，我从不认为这是对盲人的歧视，因为我做的事情已经超出了他们的想象范围。"

谈力"看"到了问题的本质。其实，怀疑谈力的人同时也在怀疑自己。在他们的习惯思维里有太多的"不可能"，许多事情还没动手做，自己先想当然地否决了，自然偃旗息鼓，不战自败。神话与现实并无界限，100多年前，飞机就是个神话；谈力之前，盲人摄影也是个神话。记得一位大师说过，你所要做的，就是比你想象的更疯狂一点儿。只要你去做，有什么不可能呢？

只要你去做，你就是自己的奇迹。

文/致远

厄运打不垮的信念

谁能尊重纯真的信念，

他将会战胜地狱和死亡。

——威廉·布莱尔

　　明末清初时，史学家谈迁经过二十多年呕心沥血的写作，终于完成了编年体明史——《国榷》。完成了这部自认可以流传千古的巨著，谈迁心中的喜悦可想而知。然而，他没有高兴多久，就发生了一件意想不到的事情。

　　一天夜里，小偷进他家偷东西，见到家徒四壁，无物可偷，以为锁在竹箱里的《国榷》原稿是值钱的财物，就把整个竹箱偷走了。从此，这些珍贵的稿子下落不明。

　　二十多年的心血转眼之间化为乌有，这样的事情对任何人来说，都是致命的打击。对年过六十、两鬓已开始花白的谈迁来说，更是一个无情的重创。可是谈迁很快从痛苦中崛起，下定决心再次从头撰写这部史书。

谈迁继续奋斗了十年，又一部新的《国榷》诞生了。新写的《国榷》共一百零四卷，五百万字，内容比原先的那部更翔实精彩。谈迁也因此留名青史。

英国历史学家卡莱尔也遭遇了类似谈迁的厄运。

卡莱尔经过多年的艰辛耕耘，终于完成了《法国大革命史》的全部文稿。他将这本巨著的底稿全部托付给自己最信赖的朋友，哲学家和经济学家约翰·密尔，请密尔提出宝贵的意见，以求文稿的进一步完善。

隔了几天，密尔脸色苍白地跑来，万般无奈地向卡莱尔说出一个悲惨的消息：《法国大革命史》的底稿，除了少数几张散页外，已经全被他家里的女佣当作废纸，丢进火炉里烧为灰烬了！

卡莱尔在突如其来的打击面前异常沮丧。原来，当初他每写完一章，便随手把原来的笔记、草稿撕得粉碎。他呕心沥血撰写的这部《法国大革命史》，竟没有留下来任何可以挽回的记录。

但是，卡莱尔还是重新振作起来。他平静地说："这一切就像我把笔记簿拿给小学老师批改时，老师对我说：'不行，孩子，你一定要写得更好些！'"

他又买了一大叠稿纸，从头开始了又一次呕心沥血的写作。我们现在读到的《法国大革命史》，便是卡莱尔第二次写作的成果。

不错，当无事时，应像有事时那样谨慎；当有事时，应像无事时那样镇静。但在漫长的旅途中，实在难以完全避免崎岖和坎坷的处境。只要出现了一个结局，不管这结局是胜还是败，是幸运还是厄运，客观上都是一个崭新的、从头再来的机会。

只要厄运打不垮信念，希望之光就会驱散绝望之云。

文/蒋光宇

去跑马拉松的母亲

命运这种东西，生来就是要被踏于足下的，

如果你还未有力量反抗它，只需怀着勇气等待。

——江南

黑马！又见黑马！

当她第一个冲过终点线时，整个赛场沸腾了。不可思议，在高手如云的国际马拉松比赛中，冠军竟然是个训练仅一年的业余选手！

27 岁的切默季尔，肯尼亚的一名农妇，因此一举成名。

切默季尔的全家都住在山区，她的丈夫是个老实巴交的庄稼汉，除了种地一无所长。一年前，切默季尔还一筹莫展，为无法给四个孩子供给学费暗自伤心。丈夫抽着闷烟安慰她："谁叫孩子生在咱穷人家，认命吧！"

　　如果孩子们不上学，只能继续穷人的命运！难道只能认命？她不甘心。

　　当地盛行长跑运动，名将辈出，若是取得好名次，会有不菲的奖金。她还是少女时，曾被教练相中，但因种种原因未果。此刻，她脑中灵光一闪：不如去练习马拉松长跑！

　　马拉松是一项极限运动，坚强的意志和优秀的身体素质缺一不可。她已近27岁，没有足够的营养供给，从未受过专业基础训练，凭什么取胜？冷静之后，她也胆怯过，可是除此之外别无他途。如果连做梦的勇气都没有，那永无改变的可能。

　　丈夫最后也同意了她大胆的"创意"。第二天凌晨，天还黑着，她就跑上崎岖的山路。只跑了几百米，她的双腿就像灌了铅一般。停下喘口气，她接着再跑。与其说是用腿在跑，不如说是用意志在跑。跑了几天，脚上磨出无数的血泡。

　　她也想打退堂鼓，可回家一看到嚷着要读书的孩子，她又为自己的懦弱感到羞愧。不能退缩！她清醒地知道，这是唯一的一线希望！

　　训练强度逐渐增加，但她的营养远远跟不上。有一天，日上竿头，她仍然没有回家，丈夫担心出事，赶紧出门寻找，终于在山路上发现了昏倒在地的妻子。他把妻子背回家里，孩子们全部围了上来，大儿子哭着说："妈妈，不要再跑了，我不上学了！"她握着儿子的小手，泪水像断线的珠子涌出，一言不发。次日一早，她又独自一人，跑在了寂静的山路上。

　　经过近一年的艰苦训练，切默季尔第一次参加国内马拉松比赛，获得了第七名的好成绩，开始崭露头角。有位教练被她的执着深深感动，自愿给她指导，她的成绩更加突飞猛进。

　　终于，切默季尔迎来了内罗毕国际马拉松比赛。为了筹集路费，丈夫把家里仅有的几头牲口都卖了，这可是家里的全部财富……发令枪响后，切默季尔一马当先跑在队伍前列，这是异常危险的举动，时间一长可能会体力不支，甚至无法完成比赛。但为了孩子，为了家庭，她豁出去了。

　　或许上帝也被切默季尔的真诚所感动。她一路跑来，有如神助，2 小时 39 分零 9 秒之后，她第一个越过终点线。那一刻，她忘了向观众致敬，趴在赛道上泪流满面，疯狂地亲吻着大地。

　　这匹突然冒出的黑马，让解说员不知所措，手忙脚乱，忙活了好半天才找齐她的资料。

　　颁奖仪式上，有体育记者问她："您是个业余选手，而且年龄处于绝对劣势，我们都想知道，究竟是什么力量让您战胜众多职业高手，夺得冠军？"

　　"因为我非常渴望那 7000 英镑的冠军奖金！"此言一出，场下一片哗然。她的话太不合时宜，有悖体育精神。切默季尔抹去泪水，哽咽着继续说："有了这笔奖金，我的四个孩子就有钱上学了，我要让他们接受最好的教育，还要把大儿子送到寄宿学校去。"喧闹的运动场忽然寂静下来，人们这才明白，原来，孩子才是她奔跑的力量。瞬间，场下响起雷鸣般的掌声，那是人们对冠军最衷心的祝贺，也是对母亲最诚挚的祝福。

切默季尔成了肯尼亚的偶像，她的成功被人们津津乐道，一时传为美谈。有人说她是长跑天才，有人说这是贫困造就的冠军，还有人说无须理由，这就是一个奇迹。是的，又一个体育奇迹：不过缔造者并非职业运动员，而是，母亲！

文/姜紫烟

有一个人，从来不会倒下

希望是坚韧的拐杖，忍耐是旅行袋，
携带它们，人可以登上永恒之旅。

——罗素

　　她用一根皮带，把双胞胎儿子的脚脖子捆上，摁到沙发上，她坐在儿子的腿上，她对儿子说，只压一会儿就好了。可是她坐上去就不起来了，儿子痛得大哭，在后面使劲儿砸她的背，骂她：妈妈是大坏蛋……

　　她倒着走，一手拉着一个儿子。孩子走得很艰难，脚尖踮着，肚子扛着，脖子伸着，像鸭子一样，左边滑一下，右边滑一下，往前走。他们所到之处，总能让路人侧目，诧异的，嘲笑的，鄙视的……她不管，她拉着他们，走一站，两站，一公里，五公里……

　　她在家门上用膨胀螺丝打个钩，把绳子挂上去，把绳子打个结，让儿子拉着它，做攀岩动作。孩子很吃力，根本拽不住绳子，他们的体重，也远远超过了臂力。她站在后面保护着他们，他们拉一下，她就在后面推着送一下。每天三百多个拉伸动作，有一多半的力量来自她的手臂。几年下来，她的胳膊早已不是当初的纤纤玉臂，粗大、有力，完全变形了。

她让孩子吹气球，并且要求他们必须把每一个气球都吹爆。后来发现这个办法太笨，就改让孩子吹口琴，不要求吹成调，只要吹响就行。她的目的，不过是锻炼他们的肺活量，防止有一天他们真的呼吸衰竭。没想到孩子们竟吹出了调,吹出了动听的曲子。

她叫薛芙蓉，她的双胞胎儿子金豆和银豆，在 5 岁时被确诊为患了进行性肌不良症。医生说，这是世界上尚无法攻克的医学难题，开始是站立不稳，不断摔跤，后来双腿肌肉逐渐萎缩，无法行走，再发展到各部分肌肉全部萎缩，直到无法进食，无力呼吸，最终呼吸衰竭，失去生命。得这种病的人，很难活过 18 岁。

这一对鲜活的生命，就这样无情地被判了死刑。

这样的打击，对一个母亲而言，无疑是致命的。为了治病，她带着两个儿子，跑了足足两万多公里的路程，北京、成都、上海……6 年过去了，所有能试的办法都试了，两个孩子的病情却没有丝毫的进展，甚至，还在不断地恶化。开始的时候上楼要扶着楼梯扶手，后来就根本抬不起腿，再后来，连床都起不了了。两个孩子，正如医生所言，在一步步地靠近瘫痪和死亡。

看着躺在床上翻不了身的儿子，母亲的心，碎了。她不能眼睁睁地看着病痛带走两个可爱的儿子，怎么办呢？她用最笨拙的办法，给孩子压腿、拔筋、按摩，让他们吹口琴，逼着他们走路……连她自己都没有想到，就是这些最普通的办法，为她的孩子赢得了与生命赛跑的能力。

到 2000 年秋天，两个孩子 13 岁了。那个他们将在 12 岁瘫痪的预言，就这样被顽强的母亲远远地抛在了身后。2005 年 8 月，金豆和银豆 18 岁了，这是他们被预言死亡的日期，可他们依然在母亲的扶持下，每天艰难地行走着。甚至，他们还走进了大学的课堂，和同龄的孩子一起学习，追逐自己的梦想。

这不是一个故事，这是一位普通而伟大的母亲，用信念、韧性和爱创造的奇迹。

是的，无论人生多么艰难险恶，无论命运多么曲折坎坷，在灾难面前，有一个人永远不会倒下，那就是母亲。

文/李武西

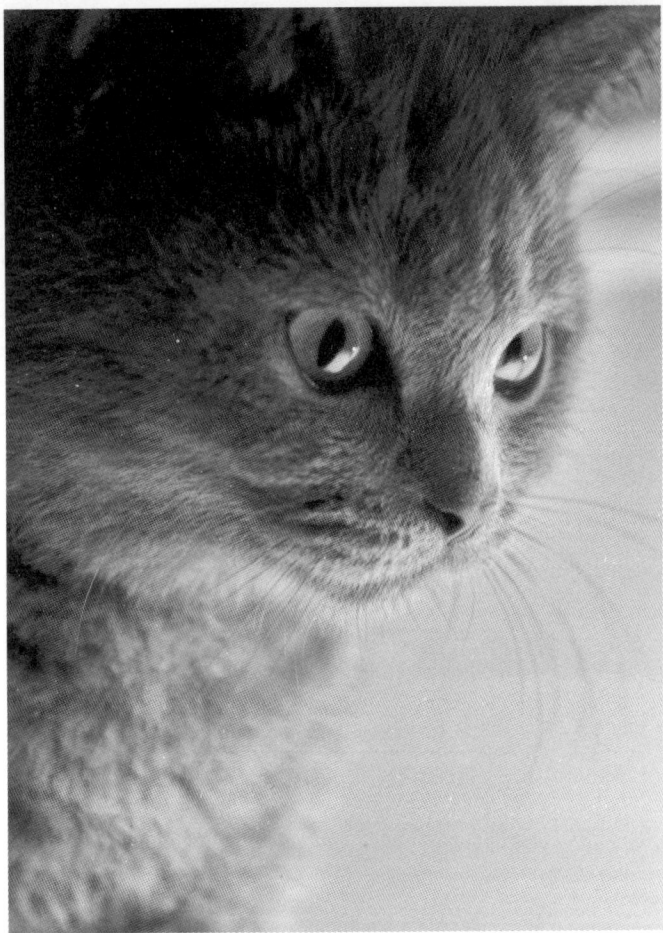

梦想再微小，也会有力量

Dream is powerful, no matter what it is.

梦想是什么？

　　梦想就是一种让你感到坚持就是幸福的东西。

成功就是一生做好一件事

再遥远的目标，

也经不起执着的坚持。

——纪伯伦

提起查尔斯·舒尔兹的名字，你也许会觉得陌生，但若是换一种说法：说他曾经创作了漫画角色史努比，你就不这样觉得了。你可以不知道隔壁邻居家小狗的名字，但你一定知道史努比。因为，这只叫作史努比的小狗，以及它的可爱形象，早已在全球亿万人的心目中根深蒂固。

1922 年，查尔斯·舒尔兹出生于美国圣保罗市一个贫困的小镇上。从小，他的成绩就很差，甚至有一次，他的物理居然考了零分。似乎，在所有人的眼里，他充其量就是一个可有可无的人物。正是从那个时候起，他对绘画表现出十分浓厚的兴趣。

在那个年代，绘画几乎不受任何人重视。他的父母一直期望他长大后能做一名救死扶伤的医生，或者是受人敬仰的牧师，但他对此却一直不感兴趣。甚至有一次，他偷偷地一把火烧掉了父亲买来的一大堆医学书。这样，他的父母也拿他没有办法，只能无奈地任由他在稿纸、墙壁上乱涂乱画。

长大后，他报名参加了漫画学校的函授课程。然而在求职的时候，由于没有发表过一幅作品，他被迪士尼公司婉言拒绝。

曾经有一段时间，他非常孤独，甚至近乎绝望，他把自己关在狭小的房间里。他胡乱涂画的纸团掷满了地面。他甚至主动放弃了几个自己完全不感兴趣的工作，并由此多次受到父母的指责。但即便如此，他也从没有丢弃自己最初的爱好，他期待用手中的画笔来实现自己的所有理想和抱负。

后来，一次偶然的机会，他尝试着画起自己的成长历程。他描绘了一个叫查理·布朗的小男孩，他放的风筝从来就没有飞起来，他每一次过栅栏都被撞得头破血流，他从来就没有踢好过一场足球……

然而，就是这样一个处处充满失败的小人物的凄惨命运，却意外征服了编辑，刊物出版以后，也彻底征服了这家杂志的读者，尤其是他所成功塑造的那只叫作史努比的小猎犬，黑白相间，而那充满幽默、幻想、睿智和温馨的艺术性格更是深得人心，这使得他的作品很快走进了千家万户。

大半个世纪以来，他塑造的史努比和查理·布朗等角色，由于个性鲜明、魅力十足，其足迹几乎遍布全球。尤其是史努比的卡通形象，更是通过纸质媒体、网络以及舞台表演、动漫节目等各种形式与全世界千百万人成为好朋友，创造了世界漫画史上的奇迹。

也正因为此，舒尔兹曾两度获得漫画艺术最高荣誉"鲁本奖"，1978 年被选为"年度国际漫画家"，1990 年，他更是得到了法国文艺勋章和意大利政府授予的"文化成就奖"。

尤其值得一提的是，在美国的登月计划中，阿波罗 10 号的指挥舱和登月舱分别被命名为"查理·布朗"和"史努比"，这在全美乃至全球的历史上都是绝无仅有。

鉴于舒尔兹的杰出，美国前总统克林顿曾经这样评价他：即使让舒尔兹去经营一家连锁餐厅，他也一定会取得令人注目的成功。

但舒尔兹不这样认为，在他的传记里，他这样写道："成功没有左顾右盼，成功就是一往无前，充分做好一件事。我终其一生，只做了一件最让自己满意的事情，那就是让史努比登上了月球。"

文/方董

骆驼图书馆

如同明日将死那样生活，

如同永远不死那样求知。

——甘地

塔克拉玛干是一个男孩，只是他并不知道，自己与祖国最大的沙漠同名，自然，他更不知道自己就踩在塔克拉玛干沙漠的中央。

每当太阳映过沙丘，他都会飞奔向最远的沙凹处，希望看到那两头熟悉的骆驼，可惜，快一年了，这一幕始终没出现。

虽然如此，塔克拉玛干却并未放弃，他会一整天都守候在那块稍微平坦的地方，翻开一本破旧的书，一字一字地反复阅读，尽管在过去的岁月里，他已经翻阅过无数遍。

可惜，没有人告诉他，那本已经没有封面的书，其实有个很契合心境的名字——《等待戈多》。塔克拉玛干也是在等待，而他想要的结果同样是迷茫的，犹如初踏塔克拉玛干沙漠的游客。

　　部落里的长者从来没有批评过塔克拉玛干，即便最严厉的父亲也从未阻碍塔克拉玛干的举动，因为他们和塔克拉玛干一样，也很怀念曾经的那两头骆驼，而那两头骆驼的主人便是阿布拉——新疆骆驼图书馆的创始人。

　　那两头骆驼每周总会在星期二准时出现，一大早便停在那个叫塔里的沙丘下，等待周边部落的少年前来借阅图书，阿布拉是一个神一般的人，至少在孩子们心中是这样，他要大家尽量坐在原地看书，看完之后便可以直接归还，没有人反对，大家都不希望图书因为离开骆驼图书馆而流离失所。

　　可是，因为塔克拉玛干对书的热爱，有一次，在黑暗已经笼罩大漠，阿布拉赶着骆驼要离开时，塔克拉玛干终于鼓足勇气伸出了右手，他要借书，并且发誓，在下周这个时候，一定亲手把书放回骆驼图书馆。

　　阿布拉犹豫了许久，但最终还是被塔克拉玛干的真诚所感动了，他从骆驼背上抽出一本书交到塔克拉玛干手里，还用力地拍了拍塔克拉玛干的肩，说，你要知道，骆驼图书馆是塔克拉玛干维吾尔族的希望，很多和你一样的孩子都希望能读书，能通过书本了解世界，走出文化的荒漠。

　　所以，塔克拉玛干从未忘记保护好手中的书，尽管这本书连封面都没有，但他却视若珍宝，骆驼图书馆有一句口号——塔克拉玛干沙漠并不可怕，可怕的是这片沙漠没有文化。

　　然而，世间有许多事都事与愿违，就在塔克拉玛干借走书的第三天，全部落的人突然搬迁了，塔克拉玛干抱着书不肯离开，但父亲粗壮的手却没能让他如愿。

　　很长时间，塔克拉玛干曾许多次尝试去寻找骆驼图书馆，然而塔克拉玛干沙漠的距离彻底把他打败了，直到一年后，当部族的人重新又奇迹般地搬回原地，塔克拉玛干第一时间便是奔向塔里，那处熟悉的沙凹，他等待了许久，却终未听到骆驼铃响。

　　他就像《等待戈多》里的主人公一样，带着世人无法理解的想法执着地干着一件不可思议的事情，这似乎很简单，但却简单得让所有人震惊。

　　当一位旅客把塔克拉玛干与骆驼图书馆的故事写在南方的一张报纸上，瞬间让读者震动，志愿者们还专门组队运送了上千册图书到达塔里，再配上数十头骆驼，一个新的骆驼图书馆瞬间诞生了，而那本没有封面的《等待戈多》也几乎成了一座神像，让所有人忍不住顶礼膜拜。

　　这么多年过去了，塔克拉玛干已经从一个小读者变成了骆驼图书馆的管理员，每当有人过来借阅图书，他都会虔诚地说一句话：不要让塔克拉玛干永远是文化的荒漠。

文/十九恨

免费午餐的创意

创意是一种态度，

一种对生命的主动、积极、自主的态度。

——李欣频

大凡有过外出经历的人都知道，出门在外，衣食住行，凡此种种，无不需要烦心费力，尤其是到了一个陌生的城市，那不菲的旅馆住宿和餐饮费用往往更让人直呼招架不起。那么，这个世界上究竟有没有免费的午餐？回答居然是：有。

1980 年，在经济危机大潮的影响下，杰克被单位解雇了，一家三口从此居无定所，连生计也成了问题。一个冬日，在租住的木板房里，女儿一边啃着生冷的牛油面包，一边和杰克闹着要吃肯德基香辣鸡腿堡。窘迫的杰克自言自语："要是有免费赠送的汉堡就好了。"妻子耸了耸肩，没好气地抢白他："杰克，你认为这世界上真的有免费的午餐吗？"

说者无意，听者有心。是啊，免费的午餐，这倒是一个极其诱惑人的创意。接下来的日子，杰克开始留意起这世界上究竟是有没有免费的午餐。

这天，杰克在去一家公司应聘途中，无意间，在一张废弃报纸上看到这样一条新闻，说是最近在日本街头，有一种免费赠送听装饮料的机器。无论是谁，只要你按下按钮，在机器的屏幕前看上 3 分钟的广告，即可免费获赠一听饮料。

这绝对是一个创举，杰克陷入了沉思，他联想起自己找工作时遇到的种种艰辛和无奈……他突发奇想，这个小镇以丰厚的旅游资源吸引了不少外地的游客，也许，开一家真正意义上的免费餐馆，将会有很多人光顾呢！

说到做到，他马上开始筹备起自己的免费餐馆。首先，他与当地的电信部门联手，在前台接入宾客的订房电话时植入了某品牌的手机广告。这样，该品牌手机可以支付宾客 10% 的入住费用。

免费餐馆的楼梯、墙壁包括灯箱，无不恰如其分地植入了各大知名厂商的广告。在餐馆入住的客人只要能够提出一条建议和意见，还可以免费试用某洗化公司提供的小包装洗漱用品。并且，该洗化公司还承诺额外支付宾客 10% 的入住费用。不仅如此，餐馆内的桌椅、空调、电视、菜肴、租金，甚至是接送客人的班车，都有专门的厂商负责投资，而这所有的一切只有一个附加条件，那就是入住者必须为厂商出谋划策，或者接听一定数量的广告。

为了最大限度地减少投资厂商的额外付出，杰克把免费餐馆的入住人数一直控制在100人，并打出了"一日三餐，天上真的掉馅饼""用心服务百分百"这一系列脍炙人口的广告。

免费餐馆一炮走红，很多人到这个小镇旅游，都要提前几个月打电话预订。很多厂商为了抢先加盟免费餐馆，甚至不惜展开了一轮又一轮的投标竞争。单是预订餐馆的广告接入费用和电信公司支付的巨额分红就让杰克赚得盆满钵满。很快，杰克就从昔日居无定所的穷光蛋一跃成为当地最有名气的富翁。

在所有人的心目中，这个世界上绝对没有免费的午餐，而杰克所一手创办的免费餐馆，其创意就是颠覆了长期以来人们心目中那种根深蒂固的想法，想别人所不能想，并且，把不可思议的事情变为现实，这才是成功之真正所在。

文/方言

梦想再微小，也会有力量

DREAM IS POWERFUL, NO MATTER WHAT IT IS.

chapter6

SIX
梦想再微小，
也会有力量

~~~~~~~~~~~~~~~~~~~~~~~~~~~

如果你有想要做的事或想走的路，不要总是等待和
观望，你需要的不是一个目标，而是一种和世界较
量的勇气，还有一个秣马厉兵、整装出发的早晨。

为穷人领奖的银行家

我们不是靠发展服务来赚钱，

我们赚钱是为了让服务发展得更完善，

而且我们认为这是一个很好的发展方式。

——马克·扎克伯格

诺贝尔和平奖设立于 1901 年，以瑞典发明家阿尔弗雷德·伯纳德·诺贝尔的姓氏命名。根据诺贝尔的遗嘱，和平奖应该奖给"为促进民族团结友好、取消或裁减常备军队以及为和平会议的组织和宣传尽到最大努力或做出最大贡献的人"。奖项可以授予个人，也可以授予组织，但他们必须与同一事业有关。

2006 年，诺贝尔和平奖的竞争异常激烈，获得提名的候选人共有 191 名。其中有促成签订和平协议的芬兰前总统马尔蒂·阿赫蒂萨里、澳大利亚资深和平斡旋者加雷思·埃文斯、印度尼西亚总统苏西洛·班邦·尤多约诺，等等，他们都被认为是有望获奖的重量级人物。

正如挪威国际事务协会主席路甘德在公布获奖名单前所说："今年候选人涉及的领域有所扩大，因而很难准确地预测出谁能获此殊荣。"

2006 年 10 月 13 日下午 5 点，瑞典皇家科学院诺贝尔和平奖评审委员会庄严宣布：2006 年度备受注目的诺贝尔和平奖授予孟加拉国的"穷人银行家"穆罕默德·尤努斯及其创建的孟加拉乡村银行（也称格莱珉银行）。届时将颁发 1000 万瑞典克朗，约合 137 万美元的奖金，以表彰他们 30 年来用小额信贷造福穷人的杰出贡献。

这一评审结果虽然出乎各方面的事前预测，但评审委员会公开了做出这个选择的理由之后，世界各国心悦诚服。评审委员会的发言人说："穆罕默德·尤努斯和他银行的工作表明，即便穷人中最贫穷的人，也能通过努力获得自身发展。要实现持久的和平，除非人们找到对抗贫困的办法，而无抵押的小额信贷正是这样一种对抗贫困的有效办法。"

许多媒体说，这次颁奖很有意义，不仅是为穆罕默德·尤努斯，而且也是为所有造福穷人的人，树立了一座丰碑。

孟加拉乡村银行创办于 1976 年。那时，穆罕默德·尤努斯在美国获得了经济学博士学位后返回了自己的祖国——孟加拉。当时他碰到了一名制作竹凳的贫困妇女，因为受到放贷人的盘剥，一天连 2 美分都挣不到。

在深入调查的基础上，他试图用无抵押的小额贷款帮助贫困妇女逐渐摆脱廉价出卖劳动力的悲惨命运。他发放的第一笔贷款只有 27 美元——贷给了 42 个贫困妇女。

经过尝试后，当年穆罕默德·尤努斯创办了全球第一家为没有经济保障的穷人服务的"乡村银行"。与此同时，他提出了令人耳目一新的经营理念："小额贷款只贷给穷人，甚至是乞丐""发放的贷款无须任何抵押或法律文书保障""穷人不需要到银行来，银行要到他们中间去"，等等。

穆罕默德·尤努斯在接受采访时，曾谈到过为什么创办"乡村银行"的缘由："我是教经济学的，我的梦想就是让人们有更好的经济生活，于是我常常扪心自问：我在教室里所讲授的课题到底有什么实质的好处？因为我教给学生的全都是一些关于经济学的理论，而当我真正走出教室时，看到的却是人民深重的灾难，骨瘦如柴的人们奄奄一息，整个国家都陷入了困境。所以我一定要走出大学校园，到村庄中去……"

在那以后，30 年过去了，"乡村银行"帮助千百万人脱离了贫困。正如《华盛顿邮报》在报道中所说，在 639 万名借款人中，有 96% 是女性，有 58% 的借款人及其家庭已经成功脱离了贫穷，剩余 42% 的借款人及其家庭也有望在 10 年内脱离贫困。

孟加拉的贫穷女性成为最大的受益人，因为传统的银行通常拒绝向没有经济保障的穷人发放小额贷款。此外，"乡村银行"每年还为 2.8 万贫困学生提供奖学金，已经有 1.2 万学生在其发放的教育贷款的帮助下完成了接受高等教育的学业。

特别值得一提的是，"乡村银行"的小额贷款业务的利润相当不错，而且资产质量也相当好。如今每年发放贷款的规模超过 8 亿美元，平均每笔贷款 130 美元，还贷率达到 99%。"乡村银行"的小额贷款业务，成为了兼顾公益与效率的杰出典范。

"乡村银行"的经验，在中国和世界各地得到推广。目前，"乡村银行"已在中国开展了 16 个项目，向 5.35 万人提供了共计 163 万美元的贷款，折合人民币 1304 万元。

时年 66 岁的"穷人银行家"穆罕默德·尤努斯，在得知获奖的消息后对采访的媒体表示："这对我们、对'乡村银行'、对所有贫困的国家和世界上所有的穷人，都是最好的消息。但也让我们背上了更多的责任。孟加拉必须消除国内贫困并为在世界范围内根除贫困付出更多努力。全世界抗击贫困的战斗将会进一步升级，在世界大部分国家，这场战斗都将通过小额贷款的方式进行。"

穆罕默德·尤努斯兴奋地表示："今年 12 月 10 日，将在挪威首都奥斯陆举行盛大的诺贝尔和平奖的颁奖典礼。到那时，我一定会去为穷人领奖。我们将把诺贝尔和平奖的所有奖金都用于帮助穷人的事业：一部分会投资一个生产低成本、高营养食品的工厂，余下的则会用于建设给穷人治病的眼科医院。"

文/周连胜

生命的最后一瞬

当爱与责任合二为一，你就将是崇高的。

你将享受一种无法言表的幸福。

——毛姆

一个普通得不能再普通的初冬午后。淡云。微风。令人微醺的阳光。

他驾驶着一辆普通得不能再普通的 7 路无人售票公交车，行驶在高架路上。满满一车的乘客，有的在小声交谈，更多的是在打瞌睡，由车窗透进来的初冬暖阳，像一只只温柔的手抚摩着人们的脸。他从后视镜里看到，一对小夫妻在逗着怀里的小婴儿，那婴儿长得肥肥白白的，惹人喜爱。

他微笑了。他想到了自己并不富有却温暖的家。过几天休息要把老父亲推出来晒晒太阳了，别看老人神志不太清醒，可就是喜欢晒太阳,喜欢听人聊天。父母亲都八十多岁高龄了,自己还能孝敬几年呢?

这辈子自己最亏欠的要算妻子了,别的不说,单说她一嫁进门,就照顾患病卧床神志不清的公公,到如今已经二十多年了,从没半句埋怨。5年前妻子患上了脑瘤,妻子觉得天都要塌了,但他告诉妻子说,不要怕,有我在天就不会塌,我就是你的天!终于,他陪妻子战胜了噩运。

他又想到正在读大二的女儿,脸上的微笑更深了。女儿是他的骄傲,他因为家庭和时代的关系没读多少书,吃尽了读书少的苦头,幸好,女儿争气,考上了重点大学。

懂事的女儿很体贴爸爸的不易,知道家里条件不好,从来不在物质上与人攀比,成绩上却是佼佼者。每次从学校回来,还用勤工俭学挣的钱为他买东西,他驾驶座上脖子后的小枕头就是女儿送的,女儿说爸爸颈椎不好,垫个小枕头舒服些,还带红外线的呢。

想到这里,他忍不住动了动脖子,感到后脖子那里很温暖。

现在,车将要下高架路了,下了高架再开一段路就到终点站了……忽然,他感觉眼前一阵模糊,头剧烈地眩晕起来,接着又剧烈地头痛起来,他感到很恶心,胃里翻江倒海——不好,突发脑溢血!他立刻意识到了这一点!他的父亲就是因脑溢血40来岁就瘫痪了,他到40来岁也患了高血压。

他清楚突发脑溢血会很快失去意识，下了高架后的这段路是一条繁忙的交通要道，车辆行人密集，稍有疏忽，这么大的公交车极有可能失去控制，造成群死群伤的恶性交通事故！

他感觉自己的腿、手和身体都已经不听使唤了，意识也渐渐涣散，他似乎听到遥远的地方传来隐隐约约的歌声……不能，绝不能，我一定要挺住！他咬紧牙关对抗着，对抗着……终于，他已经模糊的视野里出现了终点站那熟悉的蓝色候车亭……坚持不到终点站了，提前停车……

他刹车，打右转向灯，靠边，平稳停车，开门，熄火，拔钥匙。

渺茫的歌声有强大的力量，吸裹着他在黑暗的深渊坠落、坠落……

那深渊太深，36 小时的抢救，也没能让他爬上来。

当人们从他的口袋里找到公交车钥匙时，在场所有人都流泪了——这是一辆自动档的公交车，他担心自己昏迷后，脚可能会无意识地碰到油门导致车失控。因此，他在生命的最后关头，拔下钥匙，牢牢锁住那扇通往死亡的通道。

他叫陈乐平，上海的一位普通得不能再普通的公交车司机。

文/纳兰泽芸

梦想再微小，也会有力量

Dream is powerful, no matter what it is.

如果说人生是一场马拉松，起跑时冲在最前面的，往往不是冠军。

坐着纸船去漂流

人生中有些事你不竭尽所能去做，

你永远不知道你自己有多出色

——索隆

小时候我们都折过纸船——从旧练习本上撕下一张纸，就能折出一条精致的小纸船，然后把它放进门前的小河。小小的纸船，载着童年的梦想,乘风破浪,漂洋过海。时光顺流而下,人渐渐长大,有些梦想却永远止步了。

朱亚林是个普通的青年教师，他决心让儿时的梦想变为现实——他要做一条能载人的纸船。当他说出自己的想法时，没有一个人相信，更没有人支持他。客气一点儿的，说他是异想天开；不客气的，干脆劝他安心工作，不要胡思乱想。

三岁小孩都知道，纸一入水，很快就会浸湿泡软，想让纸船载人，简直是天方夜谭。朱亚林不这么想——薄薄的一张纸，肯定入水就化，如果是许多张纸粘叠在一起呢？没有人试过，他决心一试。

纸船载人，理论上不难解决，根据浮力公式，再结合自身体重，就能计算出纸船需要多大的体积。但真正动手做起来，就没那么简单了。

首先是材料问题，卫生纸和报纸等吸水性太强，显然要排除，经过反复试验，他选用了吸水性不强的广告宣传页等废纸作为原材料，可以防止船体漏水。起初，他做出来的纸船是方方正正的，人们说，这哪是船啊？分明就是个柜子，放进水里恐怕走不动。他想了许多办法，却做不出一只像样的船，那段时间，晚上做梦都梦见纸船。终于有一天，他从梦中得到了灵感……

他花了五年时间，经过反复论证和无数次试验，终于用糨糊和废纸做出了第一条载人纸船，一米多长，两头尖尖，设计载重360公斤，理论上坐他一个人不成问题。

第一次下水试航，别人都为他捏了把汗，他不会游泳，毕竟是纸糊的船，万一沉了会出人命的。为了安全起见，他请了一条渔船护航，却把船老大吓坏了："我活了60年，没见过纸船能坐人，听都没听过！"他小心翼翼地坐上纸船，尽量保持身体平衡，用木棍划动纸船，稳稳地驶向河中央，居然不沉！

一个月后，他带着纸船去挑战岷江。他乘坐自己的纸船，用了11个小时，在水上漂流了80公里后，成功登岸。他的名字出现在报纸和电视上，他告诉记者："看到水面漂浮的杂草从我身边快速流过，心里面还是有些打鼓。"对他来说，这是一次成功的冒险。梦想到底战胜了恐惧，但他并不满足，他真正的目标是大海。

第一次下海试航，他信心百倍，用力划动纸船前行。可是海上风急浪高，他勉强划出几百米远，一个浪头打来，船翻了，满满一船的信心，随之沉入海底。

首航即遭遇惨败，但他对梦想的执着却感动了无数人，就在他苦闷沮丧之时，一位专业漂流队员给他打来电话，表示愿意帮助他。

纸船要在海上航行，除了要解决防水和载重问题，还必须加强纸船的强度和抗风浪能力。在专家指点下，他重新试验，不久又做出了一条更加坚固的纸船。再次出海，他用一副乒乓球拍做船桨，在海上顺利漂流了38分钟，并在预定地点上岸。

他成功了，一个近乎荒诞的梦想，此刻变为现实。

有怀疑的目光，也有鼓励的掌声；有成功的喜悦，也有失败的沮丧；时而风平浪静，时而惊涛骇浪；有未知的风险，也有追逐梦想的刺激。

小小的纸船，承载的不就是人生吗？谁都有梦想，但不是每个人都能梦想成真，有的人只会想，有的人会去做。

文/姜紫烟

飞越三万六千公里的勇气

母爱像那一颗颗龙眼，

不管表皮多么干涩，内里总会深藏着甘甜的汁液。

——迟子建

2006 年 12 月 14 日，深夜 11 点 24 分，在美国洛杉矶国际机场，一位头发花白的东方女人引起了所有乘客的注意。

她挎着黑色的背包，背包上贴有一张用透明胶带层层缠绕的醒目的 A4 纸，上面用中文写着"徐莺瑞"三个字。

这些从萨尔瓦多飞到洛杉矶的乘客，几乎都是拉丁美洲人，他们根本不懂中文。这位衣着朴素的东方女人在等待了许久后，终于开始在人群中用蹩脚的普通话挨个询问："请问你会说中文吗？请问你会说中文吗？"

临近午夜 12 点，她终于找到了救星。一位黑头发的男人驻足她的身前，低头端详她手里的纸条："我要在洛杉矶出境，有朋友在外接我。"

其实，在这张揉得皱烂的纸条上，还有另外两行中文，每行中文下面都用荧光笔打了横线，方便阅读。

第一行中文："我要到哥斯达黎加看女儿，请问是在这里转机吗？"下面，是两行稍微细小的文字，分别是英语和西班牙语。

第二行中文："我要去领行李，能不能带我去？谢谢！"接着，同样又是英文和西班牙语的翻译。

原来，她的女儿在十年前随女婿移民到了哥斯达黎加。如今刚生完第二胎，身子虚弱至极。女人思儿心切，硬要从台湾过来看她，伺候她坐月子。女儿执拗不过，便在越洋信件中夹带了一堆纸条。

如今，她已伺候女儿坐完月子。原本女儿要陪她到洛杉矶机场，结果却因买不到机票而作罢。女儿为了让她有安身之处，特意请求远在洛杉矶的朋友帮忙。为了方便相认，女人便特意在背包上缠裹了醒目的 A4 纸。

很多人都以为，这不过是一个简单的行程。可深知航班内情的那位黑发男人，却不禁被这简单的描述感动得热泪涟涟。

从台南出发，要如何才能到达哥斯达黎加呢？
首先得从台南飞至桃园机场，接着搭乘足足十二小时的班机，从台北飞往美国；然后从美国飞五个多小时到达中美洲的转运中心——萨尔瓦多，最后才能从萨尔瓦多乘机飞至目的地——哥斯达黎加。

她曾在拥挤的异国人群中狂奔摔倒，曾在午夜机场冰冷的座椅上蜷缩，也曾在陌生的人流中，举着救命的纸条卑躬屈膝……这一切的一切，不过只是想亲眼看看自己的女儿。

这是一位真实而又平凡的中国母亲。她来自宝岛台湾，名叫徐莺瑞，67岁。生平第一次出国，不会说英文，不会说西班牙语，为了自己的女儿，独自一人飞行整整三天，从台南到哥斯达黎加，无惧这三万六千公里的艰难险阻与关山重重。

她让我们看到了一位母亲因爱而萌发的勇气。这种匿藏在母性情怀中的勇气，从始至终都不会因距离和时间而改变心中的方向。

文/阮小青

一场迟到的告别

只承诺你能做到的，

然后尽力超越你承诺的。

——李开复

1918 年 3 月的一个清晨，里昂火车站。

一辆从德国开来的战俘车上，一个叫瑞克的胡子拉碴的男子从车厢里走出来。在那些蓦然重逢、抱头痛哭的人群中间，瑞克显得呆滞而又沉默，他四肢虽然完好，可名字却上了重度伤残名单。

给他做过检查的医生都十分沉重，这个貌似健全的男人永远也做不了父亲了。不仅如此，他好像还患上了失忆症，不知道自己的家在哪里，也说不出任何亲人的名字。

医院在报纸上刊登了瑞克的大幅照片，想通过媒体来帮助这个可怜的男人寻找亲人。很快，全国各地有很多人涌来，失去儿子的母亲、丧失手足的兄弟，以及与丈夫离散的妻子。所有这些人来了，很快又走了，留下来的是两个女人。

其中一个容貌姣好，留着长长的黄色卷发，穿着白色的拖地长裙，她自称是瑞克的未婚妻，并带来一张瑞克的照片佐证。医生看看照片中那个英俊幸福的男人，再看看眼前呆若木鸡的瑞克，一时无法评判。

另一个女人年长了几岁，她左手拖着一个三四岁的脏兮兮的男孩儿，右手怀抱着一个两岁左右的女孩儿，流着泪站在病床前絮絮叨叨地讲述了自己丈夫如何在两年前上了前线一直未归的事实。按她所说，这个病榻上的男人就是她的丈夫。

医生将两个伤心的女人领到外面，他们从瑞克突然流出的眼泪中看到了希望，这两个女人中，肯定有一个是他的爱人。

他们反复翻开那个年轻女人带来的照片，就在几乎马上就要确认的时候，护士忽然跑了出来，俯在医生耳边说了两句话。医生一愣，他缓缓地将手里照片还给那个漂亮干净的女士，转而拥抱两个孩子的母亲："瑞克说，你是他的妻子。"

那个女人一把抱住自己的孩子，痛哭起来。

年轻的女人流着泪伤心地走了。几天后，沉默的瑞克和两个孩子，还有妻子，去了法国另外一座城市——巴黎。在那里，不仅有国家配给他们的新房子，每个月，瑞克还有很优厚的残疾军人抚恤金，足够这个四口之家过安逸的生活。

一战过去不久，法国的经济很快复苏了。10 年后，一个民意调查机构准备调查一战中那些伤残军人如今的生活状况，他们在巴黎乡下一个小镇上找到了瑞克。

让人们惊讶的是，和资料描述不同的是，这个残疾的男人并没有和妻子孩子生活在一起，而是独自生活在一所干净的房子里，以养花卖花为生。

当他们知道瑞克很早就和妻子离了婚，并把 80% 的伤残抚恤金分给了妻子和孩子后，纷纷愤怒地谴责那个无情的女人。

可瑞克却微笑着制止了大家。他接下来讲出的事实，让所有人错愕万分。

原来，他并不是那个女人的丈夫。这个事实，在他跟着那个女人回家的那一刻，他们彼此心里都明白。而另一个哭着离开的年轻女人，才真的是他的未婚妻。

瑞克静静看着鲜花怒放的花圃："其实我也没得什么失忆症，当初的沉默，只是因为接受不了身体残疾的事实。"

"那为什么你会选择那个陌生的女人？"调查人员匪夷所思地望着他。

瑞克轻轻叹出一口气："战争之后，民不聊生，这样的情况下，当我看到那个丈夫已经战死在前线而又生活无着的女人，立刻就对她和她的孩子充满了同情。其实我已经是一个绝望的人，那一刻，我却突然觉得自己还可以成为一个有用的人，那就是用自己的伤残抚恤金来帮助这个冒名顶替的女人和那两个孩子渡过难关。至于我的未婚妻，从她衣服上可以看出，她的生活还过得去，最重要的是，这个无辜的女人应该有崭新的生活。所以，我宁愿让她相信未婚夫已经死了，也不要成为她的包袱。"

一切都按照瑞克预料的那样，失去丈夫的女人和孩子们再也不用为衣食去奔波和担忧。这样的时候，瑞克向那个女人敞开了心扉，说服她接受离婚的事实，并将自己 80% 的伤残抚恤金，以抚养费的名义赠送给了这个不幸的家庭。

然后，瑞克离开了巴黎，来到这个小镇做了一个花农。

瑞克的事迹深深打动了民意调查机构的那些人，他们准备宣扬这个沉默的英雄的事迹，却被瑞克制止了。

"不过是一场迟到的告别，我不想再去打扰她们的生活。"说着，瑞克向花房深处走去，最终消失在一片浓郁的芬芳中。

文/庄小谐

世上最宝贵的遗嘱

我们在热爱世界时，

便生活在这世界上。

——泰戈尔

一位老人去世之后，人们在他的上衣口袋里找到了一份遗嘱。据说，这位死去的老人以前是位律师，他的遗嘱写在几张纸上，字迹清楚，落笔刚劲有力。这份遗嘱的内容非常特殊，照录如下：

我，查尔斯·劳伯利，思维正常，记忆正常，现在立下我的遗嘱并公布出来。

在属于我的东西里面，那些法律书是不值一提的，我的遗嘱当中就不对它们作部署了。我活着的权利——我的生命财产，也不是我所能支配的。除这两项之外，我在世上还有很宝贵的东西，我现在就此作遗赠安排。

第一款：我把对孩子的信任，把所有表扬和鼓励的言语赠给负责任、有爱心的父母亲们，请他们根据孩子的表现，公正地、大方地使用。

第二款：我留给童年的孩子们树上和地上所有的花，让他们有在其间自由玩耍的权利，同时，提醒他们要小心有刺的花木；我要给他们绿色的溪岸、金色的沙滩、柳枝的清香和大树的树梢上飘荡的白云；还要给他们欢乐的白天，宁静而充满幻想的月夜。

第三款：我给所有的男孩子空闲的田野和公共场所，让他们可以踢球；给他们干净的江河湖海，让他们可以游泳；给他们白雪皑皑的山丘，让他们可以滑雪；给他们小溪和池塘，让他们可以抓鱼。给他们茵茵的草地、繁盛的苜蓿花和翻飞的蝴蝶，给他们看松鼠和小鸟，以及可以听回声的树林。

第四款：我给恋爱中的人以想象般的世界——群星闪烁的天空、依墙角开放的红玫瑰、开花的山楂树、轻轻流淌的乐曲，以及所有能使他们的爱情更加甜美的事物。

第五款：我给所有的年轻男子所有热闹的激动人心的对抗运动，让他们鄙弃虚弱并相信自己可以变得刚强。虽然他们有时会有失礼节，但我给他们留下了保持友谊、拥有热情的力量。我给他们留下了所有欢快的歌，他们可以勇敢地合唱出高亢的声音。

第六款：对那些不再年幼、不再年轻、不再恋爱的人，我给他们留下记忆，留下彭斯、莎士比亚以及其他诗人的诗集。只要有一点儿可能，他们就会像过去一样拥有快乐的时光，就会像过去一样自在和充实。

第七款：至于满头白发的爱侣，我给他们留下了晚年的幸福，他们的子女的爱与感激会与他们相伴，直到他们长眠。

陶乐乐/译

八个人的希望录像

我步入丛林，因为我希望生活得有意义，

我希望活得深刻，并汲取生命中所有的精华。

——梭罗

这八个人，第一次面对镜头，显得有些拘谨。

谈及"希望"这两个字时，他们会有点儿害羞，有点儿恍惚，甚至会躲闪镜头。

她，河南人，住在北京清河，每天凌晨三点起床，五点赶到北影厂门口摊煎饼，一摊就是七年，风雨无阻。她希望有更多人来买点儿煎饼，这样，她就可以多赚几块钱，让正在念书的孩子吃好点儿。

他，58 岁，没有老伴，也无儿无女，在公园做了五年的绿化工。他每天的饭菜就是馒头、萝卜、白菜、粉丝……偶尔，他可以攒起一堆易拉罐，赚点儿小钱。他希望每个星期都能吃上两次肉，不管是猪头肉还是牛下水。

他，18 岁，成绩一般，高中毕业之后，也许只能上个大专。他趁着暑假出来当了两个月的保安，每天站在车水马龙的十字路口指挥交通。他希望录取后在学校里好好表现，将来毕业后，能当上个公司的小职员。

他有点儿胖，三十来岁，是个出租车司机，每一次大班要连续不停地开 18 个小时的车，跟女朋友一周才能见上一次。情况好的时候，每个月交完租金，还能剩下 3000 块钱。他不知道还能做点儿别的什么。他希望一个月能好好休息两天，还希望自己的女朋友能够理解他。

他，20 岁，成天穿个红色的 T 恤溜达在北京的天桥上和小区里发广告。不管是大雪还是暴阳，他都得一直站着，一直跟来往的人说"您好，麻烦您看看"。每当遭遇白眼儿和呵斥的时候，他心里会很难受。他是个外乡人，身上没什么技能，只能这么糊口。他希望能找一个稳定点儿的工作，不再让家人担心。

他是簋街上的一个卖唱歌手，吉他是每天晚上唯一的伙伴。

他的收入要看当天的运气和客人的心情。有时碰上小混混，唱了半天，一分钱拿不到不算，还得请他们喝扎啤酒。他希望，人们能给卖唱歌手多一点儿尊重和支持。

他是一个应届大学毕业生，24 岁，来北京投了 200 多份简历，仍然没有找到工作。《北京人才市场报》是他每天必看的报纸。他仍然在投简历，仍然在各大招聘中心徘徊。他希望能尽快找到一份工作，不管干什么，最好明天就能找到。

他是个裸婚族，25 岁，上个月儿子刚出生。一家三口住在 15 平方米的房子里。他是个送水工，他希望每天能多送点儿水。500 桶，1000 桶，甚至更多，他都没有问题。送完一桶水，他可以提成两毛钱。这个工作不轻松，很多时候，是从没有电梯房的一楼搬上六楼。问他累不累，他笑笑："男人的肩膀硬得很。"

这是真实的八个人。他们在杨嘉松的《我希望我的希望不再只是希望》的 MV 里，他们的每一张脸都镌刻着未来，他们活在这个平凡的世界里。

他们都没有绝望，我们有什么理由放弃希望？

文/马朝兰

梦想再微小，也会有力量

Dream is powerful, no matter what it is.

有时候不是知道自己要什么才去坚持，

而是坚持了以后，才会慢慢清楚自己要什么。

从来没有枯死的生命

只有用心灵才能看得清事物本质，

真正重要的东西是肉眼无法看见的。

——安东尼·圣-埃克苏佩里

　　智利摄影师克劳迪奥·亚涅斯在海边摄影时，发现了沙滩上有一条干枯的死鱼。鱼已死了很长时间了，只剩下一些骨架。海浪不时冲向它的身边，好像在深情地亲吻它；天空上，海鸥不时在它上面盘旋着，发出悦耳的叫声，好像在和它呢喃。

　　这一幕，深深地打动了亚涅斯的心。他仿佛看到那条干枯的死鱼又有了一种新的生命，正发出生命的歌唱。他拍下了躺在沙滩上那条干枯的死鱼，经过艺术处理后，这条枯死的小鱼，转换成沙滩上一朵鲜艳的花朵，娇艳欲滴。这朵鲜艳的花朵，就是从那条干枯的死鱼，延伸出来的一种新的生命。

这张照片在报纸上发表后，引起了读者的强烈反响。人们纷纷称赞亚涅斯，觉得他拍摄的这张照片，蕴含着深刻的生活哲理和人文思考，给人带来了强烈的视觉震撼和艺术效果。这张照片，最后还获得了智利最高摄影展——21世纪智利青年摄影奖。

偶然的成功，给了亚涅斯很大的信心和创作灵感，就这样，他开始了一种全新的摄影探索和艺术追求。

看到路边一根枯死的树桩，他会久久凝视，目光中，溢满了柔情。

这根树桩上布满了尘土和蛛网，在常人的眼里，这根枯死的树桩，一点儿没有生命的迹象。亚涅斯选择角度拍照后，经过艺术处理，这根枯死的树桩转换成了美丽可爱的小山羊。小山羊眨着一双美丽的眼睛，正无忧无虑地吃着嫩绿的青草。

看到垃圾筒里被人吃剩的半块面包，他会将面包拿出来仔细观察。一对青年男女卿卿我我地走了过来，女孩看到亚涅斯手里拿着半块面包，嬉笑道："捡了半块面包，还这么左看右瞧的，好像捡了个什么宝贝似的！"

亚涅斯听了，深情地说道："是的，在我眼里它就是一块宝贝。"女孩听了，一下笑出声来："您这人说话可真有趣，不就是半块被人丢进垃圾桶里的面包吗？怎么成了宝贝了？"

亚涅斯说道："姑娘，你拿着这半块面包，马上会看到一种神奇的效果。这不是魔术，是艺术。"

女孩拿起这半块面包，满脸疑惑地看着亚涅斯。亚涅斯举起手中的相机，调整好光圈和焦距，按下了快门，然后，将相机拿给女孩看。女孩看到，相机里刚刚拍下的照片：她手里托举的是一片丰收的稻田。

女孩看呆了，过了好一会儿，才对男孩喃喃地说道："这看似被丢弃的半块面包，其实是由一片丰收的稻田演变而来的。"她又对亚涅斯说道："谢谢您让我知道了这样一个浅显而深刻的道理：从来没有枯死的生命，一切生命将会以另一种形式出现……"

亚涅斯专门拍摄从生活中发现的那些没有生命迹象的东西，经过他艺术处理，这些看似没有生命的东西，以另一种形式重新有了生命。他将被车碾死的小狗，拍摄成了盛开在马路上的玫瑰；他将漂浮在水面上的死鱼，拍摄成了水面上欢快的鸭子；他将被人射杀的鸟禽，拍摄成了欣欣向荣的向日葵……

亚涅斯成了智利著名的另类摄影师，人们从他的摄影作品里，看到了燃烧的生命和希望，看到了珍惜、热爱生命的深刻和迫切。人们称他的摄影作品是"从来没有枯死的生命"。

文/学学

图书在版编目（CIP）数据

梦想再微小，也会有力量 / 好读 主编 . -- 北京：
作家出版社，2016.7
ISBN 978-7-5063-9088-0

Ⅰ . ①梦… Ⅱ . ①好… Ⅲ . ①成功心理－通俗读物
Ⅳ . ① B848.4-49

中国版本图书馆 CIP 数据核字（2016）第 188017 号

梦想再微小，也会有力量

主　　编：好　读	
责任编辑：丁文梅	
装帧设计：@王木木就是琳子	
出 品 方：北京中作华文数字传媒股份有限公司	
出版发行：作家出版社	
社　　址：北京农展馆南里 10 号	邮　编：100125
电话传真：86-10-65930756（出版发行部）	
86-10-65004079（总编室）	
86-10-65015116（邮购部）	

E-mail: zuojia@zuojia.net.cn
http://www.haozuojia.com（作家在线）

印　　刷：中煤（北京）印务有限公司	
成品尺寸：145×210	
字　　数：150 千	
印　　张：8.5	
版　　次：2016 年 9 月第 1 版	
印　　次：2016 年 9 月第 1 次印刷	
ISBN　978-7-5063-9088-0	
定　　价：36.00 元